校對女王3

Tornado

宮木あや子
Ayako Miyagi

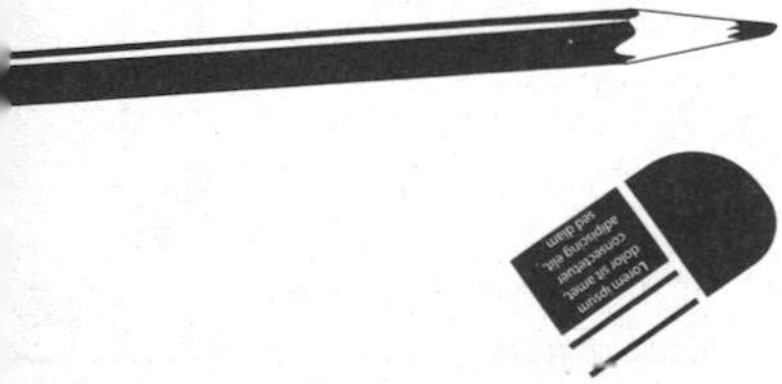

校對女王3

Tornado

目錄

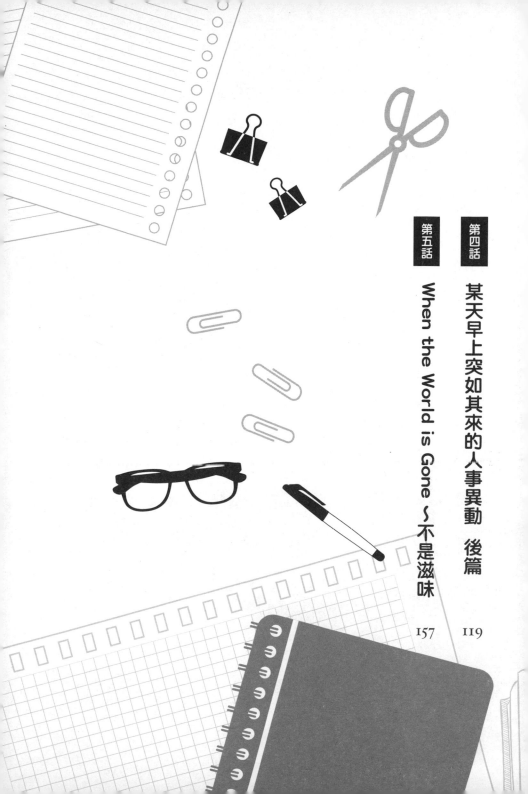

第一話

校對女王與戀愛小旅行

前篇

前面的「悅子的研習筆記」，請翻閱已出版的《校對女王》第1~2集喔！

悅子的研習筆記 其之十三

【黃金週進度表／白銀週進度表／盂蘭盆進度表／歲末進度表】由於印刷廠會在遇到長假、盂蘭盆和過年時休息，因此本來每月在固定日期送印的書籍雜誌必須提前送印，截稿日也壓縮到極限，需要提早九天完成。作家雖然會利用假日工作，但出版社的編輯們多半選擇放假以逃避工作，不小心上傳夏威夷的照片到ＳＮＳ而激怒作家、害他們寫不下去的軼事時有所聞。題外話，連假和年假的發音好像。

下到深夜的雨總算停了，從弁慶橋能望見井然有序地種在溝渠外側石牆邊的櫻花樹，只見花瓣悄然飄散於苔綠色的水面上。淡藍色的晴空卜，蘊含濕氣的春霧使紛雜的東京街頭打上一層柔焦，馬路上交錯而過的車流聲，宛若跟隨季節更迭邁向新人生的年輕人們加速鼓動的心跳。

「……哈啾！」

紀尾井町輕柔地籠罩在暖陽與春霧（裡面幾乎都是花粉）下，河野悅子走在上班的路上，拚命吸著噴在立體口罩下的鼻水，頭暈眼花地走進景凡社的一樓大廳。空氣清淨機的噪音在天花板隆隆作響。很好，來到這裡就安全了，我已經吸到不能再吸啦。悅子從包包中拿出面紙，拉下口罩大聲擤鼻涕。眼睛也好癢，但她不想毀掉細心夾捲並塗上厚厚睫毛膏的眼妝，所以抵死都不揉眼睛。時尚需要忍耐，美麗就是與自我挑戰。

「早安～哇～河野小姐，妳今天好醜、好像土地公喔。」

公司的櫃台小姐——今井賽西兒（日本人）已經坐鎮服務台，以燦爛的笑容與惡毒的話語迎接她。

「……誰豬（知）道花粉症這媽（麼）恐怖……東京好可怕喔……」

「咦？妳直到今年才第一次得花粉症嗎？」

「嗯……差不多前天開始的。」

「好可憐唷～」說歸說，從今井輕快的語氣，實在感覺不到絲毫同情心。悅子連發脾氣都懶，逕自走去搭電梯。

日文的「第一次——」有許多用法。有些人會藉由第一次上高中、第一次上大學、第一次出社會等機會，擺脫從前老土的形象，開始盛裝打扮。由於悅子在出版社工作，身邊最常見到的用法是「第一次出道成為作家」、「第一次出道當模特兒」等。進入公司第三年，悅子「第一次的新體驗」就是得到花粉症。利用第一次當高中生、第一次出社會的機會改頭換面的耀眼儀式，她都好像錯過了一樣，回想起來令人在意。有一次悅子和今井喝酒時問她：「妳第一次變漂亮是在什麼時候？」今井回她：「從出生到現在，每天都是我的第一次。」她指的是「女子力」（註1）嗎？悅子有聽沒有懂，不過可以確定的是，今井這名女子銳不可當。

「早……哈啾！……唉……」

「花粉症？」

與悅子背對背而坐的校對部前輩——米岡光男從桌上抓起面紙盒，遞給悅子。而悅子也順從前輩的貼心，用力三連擤，接著點上眼藥水。

「上週末突然開始的，我都不豬（知）道東京是如此可胖（怕）的地方。你蒙（們）都怎麼對付這個強敵呀？」

「要先做好功課，尤其是在花粉特別多的日子擬定對策。對了，日本氣象協會表示，前天晚上或當天清晨下過雨，天氣又突然放晴、吹起南風的溫暖好天氣，花粉會特別嚴重喔。」

「臘（那）不就是今天嗎……」

「妳多吃點番茄（註2）吧。」

「班（番）茄很貴耶……」

悅子再次從面紙盒抽出幾張面紙，揉成兩條與紅筆等粗的扎實紙團，塞進兩側的鼻孔裡。多出來的面紙黏在塗了唇蜜的嘴唇上，米岡見了罕見地大聲嚷嚷：

「哎呦喂呀，妳好歹也是待嫁姑娘家，弄成這樣能看嗎！」

「沒辦法啊，我要是不綁（把）鼻孔塞住，鼻水會牛（流）個不停嘛。」

反正被這個房間裡的任何人看到都無所謂——悅子心想，並且「呸」地吐出吃進嘴裡

註1：泛指女性特有的魅力，及對美妝、美容、流行服飾的敏銳度。
註2：日本相傳吃番茄能緩和花粉症的症狀。

的面紙。米岡剛剛難得男大姊語氣火力全開耶——才剛這麼想，米岡又用怪腔怪調的聲音埋怨道：

「妳有沒有一點身為少女的羞恥心呀？不管妳衣服穿得再漂亮，都沒有資格當一個女人！」

「羞恥腥（心）能吃嗎！我要是不綁（把）鼻孔塞住，今天就要當哞哞（毛毛）蟲鼻力（涕）傻牛（妞）了耶！」

「求求妳用手巾捏住鼻子！妳講話糊成一團，我聽得懂才有鬼好嗎！」

「就是哞哞（毛毛）蟲鼻力（涕）傻牛（妞）啊～」

「你們兩個大清早就在那邊製造噪音，吵死人了！還有！門口那位爆炸頭！你哪位？」

悅子和米岡被杏鮑菇（校對部部長）一吼，順著他的眼神回頭望去，只見一位留著爆炸頭的高個子型男一臉困窘地呆站在門口。大約過了兩秒，他才低頭敬禮道：

「不，沒事，抱歉打擾你們。」

他說完一個轉身，悅子頓時腦中一片空白。

「冷冷冷冷（等）一下！冷冷（等等）啊是永！」

悅子想也沒想便追過去，背後傳來米岡的吼叫：「拔掉面紙！」

【校對】檢查文章、原稿內容的錯誤或不合理之處，在確認後加以訂正或校正的動作。「經過專家的——」。「——原稿。」

出自《大辭泉》

悅子心想：用手巾捏住鼻子？我還是第一次親眼看到有人說出「手巾」這麼做作的名詞。手帕就手帕，手巾個頭啦！他八成也會把「衛生紙」說成「衛生用紙」。

——我也有花粉症，那真的很想死。

來到無人的樓梯間後，是永望著拔掉鼻孔裡的面紙狂流鼻水的悅子說道，接著從肩揹式的rag & bone托特包中拿出幾個小紙包，放在悅子的手心裡。

——這是什麼？

——甜茶口味的軟糖（註3），雖然很難吃，不過或許能讓妳舒服一點，請用。

我好像在哪裡讀過類似的橋段——悅子腦袋一隅忍不住東想西想，其他部分則被絕望感占據。約莫兩個月前，她與使用「是永是之」為筆名寫作、用「幸人」為藝名當模特兒

註3：同樣是日本緩和花粉症的偏方之一。

的他，發展成好像有交往又似乎沒有交往的曖昧關係，如今還被他撞見兩個鼻孔塞面紙的蠢樣。如果他有把悅子當成「蜜月期的女朋友」，肯定不想承認兩人有在交往。不，他們真的在交往嗎？真的算是男女朋友嗎？

到底是不是？不行，吃藥的副作用讓她腦袋昏昏沉沉，無法思考。

「……遇上花粉症，連女子力也無力回天。」

「這是什麼勵志小語？聽起來一點也不文青。」

午休時間，與悅子同期進公司的文藝編輯藤岩，在便當店前排隊時傻眼地說。

「我才沒有刻意假掰，遇上花粉症，恐怕連文學都無能為力啊。」

「吃藥不就沒事了？妳去找公司的醫生，他會開鼻炎的藥給妳。」

「嗯，我剛剛去拿了，所以現在鼻子舒服多了，只是吃藥讓我頭昏腦脹、無法做事情。」

「妳有工作要處理嗎？對了，是永沒來我們部門，跑來公司做什麼？」

「他說有事要找時尚雜誌編輯部。」

「哦～新刊訪談嗎？但他又沒登上版面。」

沒登上版面、不是為訪談而來。是說，他也沒紅到會接受專訪。《Aaron》是景凡社針對二十多歲的男性族群推出的時尚雜誌，是永今天與所屬的模特兒經紀公司來編輯部打招呼。會面結束後，他順道去了校對部，想看看悅子在不在裡面，結果撞見鼻孔塞著面紙的悅子與米岡爭論不休。悅子不指望「如果有洞，我想跳下去」，而是恨不得自己挖個洞跳下去。

是永是之矢志成為作家並摘下新人獎出道，其令人摸不著頭緒的寫作風格吸引了小眾書迷的支持，至今以作家的身分出版了好幾本作品，但由於稿費不足以餬口，所以現在依然將本來是正職的模特兒工作當副業。又由於他當模特兒也不怎麼走紅，只好在咖啡廳的廚房打工。說穿了，他的正職到底是什麼，沒人知道。

悅子接過兩個便當，返回校對部。藤岩已經早她一步拿到便當，迅速回到自己的工作崗位。藤岩向來不刻意與人套交情，悅子還挺羨慕她的。

「拿去，你的膠原蛋白便當。」

冷清的校對部裡，只見米岡罕見地利用午休時間趕工校稿。悅子將便當和找的零錢遞給他。

「謝啦。」

米岡從找零中挑出五十日圓，說「這是小費」，放在悅子的手掌心。

「賺到啦！明天也交給我吧！」

「狗腿子。」

「閉嘴，半人半妖。」

「妳講什麼呀？」

「你的內在啊。我昨天吃披薩時靈光一閃，覺得這句話用在你身上太貼切了。」

米岡訝異地望著悅子，悅子從他的表情察覺一件事。

「你家是不是從來沒叫過外送披薩？」

「嗯，我沒吃過那種東西，不過我老家的院子裡有石窯，我還挺常自己動手烤披薩的。」

你這個溫室裡的嫩草（還是花朵？）！悅子在內心大叫。由於解釋起來頗麻煩，她最後說了「反正就是這樣」結束話題。外送披薩意外地貴，所以悅子只能趁網路上推出半價優惠券時吃。

悅子直到去年年底都負責文藝書籍的校對工作，從今年起，她開始負責週刊雜誌的校稿。今天不是截稿日，雜誌校對組沒人在午休時工作。悅子打開休眠中的電腦，邊吃著三百八十日圓的鮭魚便當，邊確認《Lassy》讀者模特兒們的部落格。《Lassy》是針對二十多歲的女性讀者辦的時尚雜誌，悅子嚮往成為《Lassy》編輯部的一員而進入景凡社工作，怎知被分發到校對部，至今仍努力申請轉調。希望今年能轉調成功——悅子帶著許願的心情，一一瀏覽閃閃發亮的讀者模特兒部落格。

食衣住行裡，悅子只對「衣」感興趣。如果薪水夠多的話，或許就能兼顧其他層面，但她目前光是買衣服就過得苦哈哈了。

「悅子在嗎——？」

悅子睜大眼睛，看著食衣住行都很充實的女子們寫下的文字，與收藏了美妙日常瞬間的照片，忽然聽見有人在叫她。抬頭一看，同期的森尾登代子一手拿著智慧型手機，朝著她的方向走來。

「怎麼啦？」

「妳今晚有空嗎？我們要和『博通』聯誼，有一個人臨時不能來。」

聯誼。換作是從前的悅子，一定舉雙手參加，但她目前姑且有個心儀的曖昧對象，而且深受花粉症所苦。

「森尾啊，請妳唸唸這孩子。」

悅子沒說話，米岡便從旁插嘴。

「怎麼了嗎？」

「她竟然在鼻孔裡塞衛生用紙，早上還被那個爆炸頭男朋友看見呢。」

米岡果然是說「衛生用紙」。

「什麼？爆炸頭來過？悅子為什麼要在鼻孔裡塞衛生紙？」

不知為何，森尾完全略過那句「衛生用紙」。

「我上週中了花粉症。」

「原來啊，那很難受耶。好吧，這次不勉強妳。」

「嗯，抱歉，妳找別人喔。」

「好可惜唷～《Lassy》的行銷業務也會來呢。」

「我去我去，抱歉我去。」

悅子完全不介意森尾的白眼。她從高中起便對《Lassy》雜誌愛不釋手，自己也覺得這股熊熊燃燒的愛簡直是腦子有病。如今《Lassy》近在身邊，她卻無法飛奔而去，這種焦灼不已的痛苦，大概就如單戀一樣吧。

每次和規模最大的廣告代理商「博通」聯誼，必然會在午夜十二點前結束，因為他們還得趕回公司加班。悅子忍不住心想：這些人到底都是幾點睡覺啊？她今天和平時一樣，在惠比壽車站與森尾道別後，一面感嘆自己空手而歸，一面慶幸「還好沒有犯桃花，不然現在才頭痛呢」，並在一小時前回到家中。桌上擺著字跡潦草的字條，上面寫著「給小悅有福同享　加奈子」，以及五顆橘子。悅子先去二樓換衣服、洗手，接著熟練地將手指戳進橘子蒂頭，不疾不徐地剝著橘子皮。自從搬出來住後，她就鮮少吃水果，迎面撲來的柑橘香氣，使她感到懷念莫名，明明置身東京，還姑且住在二十三個主要市區的範圍內，她卻彷彿回到了鄉下老家。是說，她一個人也吃不完這麼多。

悅子目前住在商店街裡，這棟房子本來是一家鯛魚燒店，自從老闆的女兒遠嫁塞班島、老闆夫婦中了彩券搬去長野縣養老，房子便空了下來。悅子租下這棟發生地震時很可能會垮掉的廉價老空屋後，負責承辦的房仲小姐木崎加奈子不知怎麼回事，動不動就登門拜訪，並擅自在這裡賣起了鯛魚燒，把居住空間弄成了四不像。不過也多虧它房租便宜，悅子才能盡情添購流行服飾，可惜環境這麼差，實在無法邀男友到家裡玩，她怕加奈子在小倆口卿卿我我時突然闖入，也怕這裡沒有多餘的空間讓他們卿卿我我。

悅子泡在狹小的浴缸裡，邊想著「連石川五右衛門（註4）接受烹刑的油鍋都比我家浴缸強」，邊思念起是永。他們在情人節時見過一次面，也在一個月後的白色情人節約會過，不過之後兩人只出來吃過一次飯。當晚在回程的路上，是永牽了她的手，害她緊張得要命。這不是誇飾，悅子真的以為自己會死。在她的觀念裡，「成人的愛情」宛如都市傳說。回想至今校對過的小說情節，男女主角總是極其自然地墜入愛河、極其自然地滾上

註4：石川五右衛門（1558—1594）是日本古代的知名義賊，後來因反抗豐臣秀吉而被處以烹刑。日本浮世繪畫家歌川國貞（1786—1865）曾以此作為創作題材，留下的畫作深植人心。

床，書中並未詳細交代最令人好奇的具體流程。不只小說如此，連續劇也一樣，尤其是以青少年為主角的美國連續劇，小倆口從相識、接吻到發生關係進展之神速，直教人懷疑這當中發生了什麼時空扭曲。悅子不禁思考：日本一般的情侶牽手之後會做什麼呢？是接吻沒錯吧？但要怎樣才能親下去？我很久以前和第一任男友交往時，是怎麼進展到本壘的？啊～通往本壘的路好複雜，我在煩惱之森迷失了方向！題外話，「接吻」和「ＳＥＸ」雖然是不同國家的語言，語感卻有那麼點相似呢，世界真奇妙。

悅子在泡到暈倒的前一刻逃離浴室，去廚房開了罐啤酒。但睡意和花粉症弄得她頭昏腦脹，她只能速速在瓶口罩上保鮮膜、用橡皮筋捆住，把啤酒收回冰箱。花粉症實在太可怕了。

隔天悅子嚴重睡過頭，起床時冷到受不了，只好把已經塞進壁櫥裡的羽絨外套拿出來穿，打電話通知公司自己會晚到，接著打開電視收看氣象，卻聽到氣象主播說「今天的氣溫暖如六月天」。悅子大感詫異：那我怎麼冷到直發抖？

「……大概就是這樣，我感冒了。」

最後悅子請了一天假，隔了一天去公司上班時如此報告。不知為何，米岡露出些許遺憾的表情，追問道：

「那妳的眼睛為什麼會癢？」

「塵蟎過敏。」

「拜託妳好好打掃啦。」

「嗯，我每週都有打掃啊，都怪榻榻米太老舊，我用防蟲除菌劑清過一遍了。」

現在的處方藥也太有效了吧——悅子邊想邊對著積了兩天份的紙本校樣削鉛筆。與打噴嚏流鼻水絕緣的世界何其美妙，我要是早一天知道自己是過敏，就不用被是永看見鼻孔塞衛生紙的蠢樣了——悅子感到悔恨交加。

「啊，對了，昨天貝塚有來找妳喔。」

「找我幹嘛？」

「他問妳黃金週（註5）有沒有空。」

「我才不要來公司加班！我要放假！」

這是上班族的基本權益！即使本人還沒排任何計畫！悅子在腦中奮力一吼，然後自顧自地累了起來，在桌面攤開《週刊K-bon》的紙本校樣。悅子負責校對的內容多是安插在雜誌中間、沒有急迫性的小單元，像是連載專欄、星座運勢和連載小說等。雜誌在落

註5：日本四月底至五月初的連續假期。

版時，會將時事題材安排在外側頁面。據說這是因為雜誌多採騎馬釘中央裝訂，印刷時是從中央印到外面的；將時事安排在外側，可以便於緊急更換。不只《週刊K-bon》如此，《週刊綴泉》、《週刊燐朝》等他社雜誌也是這麼做。

連載到二月份結束的小說是一部以戰國時代為舞台的武將生平傳記，稿子送達校對部之前，已經由文藝編輯部的編輯和作者對過稿，因此沒有太大的錯誤。但是從三月份起，本專欄換成由其他作家所寫的科幻懸疑愛情故事，貝塚說它是「反烏托邦小說」。這是由文藝編輯部的貝塚擔任責編的作品，文字在進入排版之前，連阿拉伯數字與漢字數字都沒有統一，直接以初始狀態印成紙本，格式凌亂不說，錯字也多到爆炸。

「煩死啦～！」

這傢伙寫的故事固然有趣，但文字基本功太糟了。

作者名叫森林木一，是一位在文藝小說圈出道不滿五年的新銳作家，之前曾用其他筆名撰寫輕小說。作者介紹欄說他歷經八年的輕小說筆耕期，才終於正式轉往大眾文藝小說領域發展，並在出道第三年榮獲丸川獎。這次是他首次挑戰雜誌連載。

新連載上檔一個月，悅子便罕見地期待看到後續。一次連載的分量約十六個字×三百五十～四百五十行（換算成四百字稿紙，頂多十四～十八張），儘管劇情進展緩慢，回過神來，悅子已經讀得津津有味。站在校對員的立場，沒有人想遇到這份稿件；然而這部新鮮的作品，也讓平時不懂小說樂趣的悅子眼前一亮。

麻煩的是，錯漏字和重複用詞的問題，從第一回連載至今都不見改善。

——這裡實施週休二日制。如果是工廠、餐廳等魚龍混雜的工作環境等，或是公寓管理員、公共管理局、餐廳的端盤小妹及遊樂場的表演者等，則是實施實施輪班制。為使人民能充分享受假日，所有區域都有設有大量餐廳及遊樂場。不僅如此，國家還會分配每一個國民一種叫PLR（Personal Life Recorder）的穿戴式娛樂器，內容五花八門。但它有個缺點：人民拜訪過的任何遊樂場，都會留下入場紀錄；透過PLR看電影或買東西也會留下紀錄。使用外接記憶媒介讀取影片或圖片時閱覽資料通通都會被國家雲端接收所以也會留下紀錄。

人們想取得違禁品，只能仰賴非線上媒介了。就算騙過了居高不下住區的保安官，只要你持有網路主機Server的資料庫中未登記的任何產品，就會被視為反叛分子。「你瞧。」米特士亮出手上的古董品，它的通訊端子已經被強制以物理方式拔除。由於是相當古老的機形，即使少了部分零件，其他機能也不受影響——

悅子在「魚龍混雜」的「魚龍」旁邊畫線，寫下「龍蛇？（第一回連載）」，接著在重複出現的「等」旁邊畫線，寫下「刪除？」、「餐聽」旁邊寫「餐廳？」、「端盤小妹」旁邊寫「歧視用語，照舊？」、將「實施實施」中多出的「實施」刪除、「都有設有」前面多出的「有」字刪除、「每一個」旁邊寫下「每一位？（第三回連載）」、「通通」旁邊寫「統統？（統一用字？）」。由於「使用外接記憶媒介~留下紀錄」這一段實在太難懂，她在「所以」前面拉線詢問是否要加逗號。「居高不下住區」大概是「居住區？」、「Server」應該改成「伺服器？（連載第一回）」、從語意上來看，「形」在這邊應該使用「型？」……話說回來，既然舞台設定為「地球毀滅後人類移民的第二地球」，所謂的「一週」是幾天呢？他們有「週」的概念嗎？

悅子邊比對從連載之初製作至今的名詞統一表，邊在旁邊寫下鉛筆註記。遇到這種長期連載小說，有時連作者本人都會忘記舞台設定和登場人物的名字，為了防止校對作業出現疏漏，悅子保留了每一回的終校紙本校樣，除了製作一般常用的「名詞統一表」，還進一步針對人名、登場過的架空場景和虛構物件製作「專有名詞表」。國家雲端到底是什麼呢？作家的大腦簡直是另一個宇宙。

校對完連載小說和專欄之後，要將紙本校樣還給《週刊K-bon》的責編進行確認；如果該作品在文藝編輯部也有專屬的責編，對方也要看過一遍，因此截稿時間會壓縮得更緊，進度必須比其他新聞報導要提前一週。悅子現在校對的稿件，是連載第七回要刊登的內容。

……我就知道。

從連載第三回起，悅子就發現這位作家有些毛病怎樣都改不掉。她拿出紅筆，在保存用而非要歸還作家的備份校樣上一一畫下紅色圈圈。

「……那部小說不經過大修，是不是根本不能看呀？」

這下該怎麼辦？要不要告訴貝塚？正當悅子煩惱時，旁邊的米岡見她桌上擺滿名詞統一表和專有名詞表，忍不住開口問。

「啊，已經中午了。」

「妳很忙嗎？要不要幫妳買便當？」

「不用，沒那麼忙，我去吃午餐。」

悅子從桌前起身，拎起裝入錢包、智慧型手機與面紙的托特包，和米岡一道走出去，前往他們常吃、走路三分鐘可達的烏龍麵店。

「《K-bon》現在的連載小說是森林木一寫的嘛？好好喔～希望出書時能換我校對。」

等待斯里蘭卡咖哩烏龍麵上餐時，米岡難得對作家表示欣賞。悅子點了巴基斯坦咖哩烏龍麵。這裡的老闆是不是在亞洲環遊了一周？這一年的菜單好像越來越奇怪了。

「你喜歡他啊？」

「他是男性作家當中的天菜耶。之前他還在寫輕小說時是沒有露臉啦，得到大眾文藝獎後才開始懂得在媒體前亮相，編輯們都稱他為信濃王子呢。」

「那不是中村梅雀（註6）的專屬稱號嗎？」

「最新一季的可倫坡換成寺脇康文（註7）演了。」

「真假？什麼時候換的？」

「河野妹，妳的資訊過時嘍。想當時尚雜誌編輯，不隨時掌握最新資訊可是不行的唷！」

「兩小時連續劇的最新演員名單，做時尚雜誌的必須知道才行嗎？」

就在這時，烏龍麵送來了。由於店裡最近雇用的店員都是外國人，只有點餐時講日語能通，所以兩人只好在不知道哪一碗是斯里蘭卡咖哩、哪一碗是巴基斯坦咖哩的情況下，面對面地吃起咖哩烏龍麵。

「信濃啊，意思是說，他住在長野縣？」

「嗯，即使開始走紅，他還是不肯離開鄉下。聽說全國書店大賞時，是長野縣出動所有書店店員幫他拉票的。」

出。

「哦——原來那個獎是這樣運作的。」

米岡以為悅子感興趣，開始和她說起全國書店大賞的運作方式，悅子大多左耳進右耳出。

「嗳，那個森林木一在我們家出過書嗎？你有沒有校過他的稿子？」

悅子打斷話題問道，米岡沉默了一秒，露出有點不悅的表情。

「怎麼？妳一聽說人家是帥哥，馬上就想黏過去？我先聲明喔，他只是『作家當中的天菜』，是才華讓他加了不少分的。如果把他和在時尚圈打滾的是永放在一起，應該慘不忍睹？就像雜誌上寫的『美女作家』通常都不是真的『美女』，這樣懂嗎？」

「不，我對他本人一點興趣也沒有，誰管他是可倫坡還是王子呀，就算他不是森林木一也不關我的事。我想問的是，連載小說的文字越寫越隨便是常態嗎？」

「……責編是貝塚對嘛？他又完全沒看就把字檔丟給《K-bon》啦？」

「嗯。」

註6：中村梅雀（1955年生），日本歌舞伎演員，本名三井進一。電視劇的代表作為東京電視台的《信濃可倫坡》偵探系列。

註7：寺脇康文（1962年生），日本大阪府出身的男演員，曾以《相棒》一劇入圍日本電影金像獎的最佳男配角獎。

米岡吞下麵條後悄聲嘆息，接著說：

「聽說最近有優秀的新人進來，他再這樣打混下去，遲早會被趕出編輯部。」

「太好了，希望他早點被調走，我才樂得輕鬆。我現在反倒希望他繼續打混，早點被轟出去呢。」

聽到好消息了——才剛這麼想，悅子旋即驚覺與其枯等貝塚被調走，還是自己早日脫離校對部比較實在。糟糕，一不小心就在這裡定居了，我其實是想去時尚雜誌編輯部的啊——悅子心想。

「啊。」兩人吃完烏龍麵，走回公司大樓時，米岡在大廳輕呼一聲。

「怎麼了？」

「那個人就是即將調去文藝編輯部的新人。」

悅子順著視線望去。在大廳櫃台旁邊靠後側的方位，有一個小小的會客空間，文藝部長無視有人可能在等訪客，自顧自地和新人在那裡聊了起來。

「才四月而已，人事異動就敲定了？現在還不到研習的季節吧。」

「因為他是龍之峰春臣的孫子呀。」

悅子搜尋記憶，總算想起他是誰。龍之峰春臣過去曾在《Every》上連載過一部內容充滿情愛糾葛的外遇小說，人們稱他為文藝圈中的文豪。

「原來是『Royal級的靠爸族』啊。」

「沒錯，他是走後門進來的，但是也有真材實料喔。其實他大可以只靠關係進來，但他還是參加了公司的筆試，拿下了將近滿分的成績呢。他曾經去英國留學，主修文學，濱野當然笑得合不攏嘴呀，他一直很想重建外文書部門嘛。」

這位外型沉穩的新人剛進公司沒多久，便散發出一股精明幹練的氣息，整體氣勢甚至壓過了部長。

「你怎麼都知道？難不成，那也是你的菜？」

「人家的心裡只容得下正宗一個人好嗎？拜託妳，別以為具有同志特質的人個個都是花癡～」

悅子瞬間暗忖：正宗是誰？接著想起他是為人直爽，印刷廠的帥哥業務。印象中，他在過年時和女友求婚成功，告訴大家時臉上洋溢著幸福的笑容。看來米岡又被異男煞到，陷入無疾而終的單相思之中。悅子邊想邊和米岡走進電梯。

悅子下班回到家時，加奈子已經在店頭烤起鯛魚燒。外頭的長椅上難得有客人等著，而且還是兩位三十歲出頭的漂亮小姐，悅子感到驚奇地盯著她們瞧。兩名女子察覺悅子的注視，對她輕輕點頭，她才趕緊低頭致意。

「小悅，妳回來啦——」

儘管悅子對此已經習以為常，心裡還是有所抗拒。都已經搬來東京二十三區住了，她的生活依然擺脫不了這股濃濃的栃木縣老家氛圍。

「我說啊，妳那件短外套是很可愛啦，不過男生看了會倒胃口喔。」

悅子先在流理台洗手漱口，加奈子招呼完客人後，端著剛烤好的鯛魚燒來到客廳。想當初，這件超可愛的Stradivari擋風外套在船橋分店缺貨，悅子還特地跑去橫濱買，想不到在東京老街竟只得到一句「男生看了會倒胃口」的批評。

「啊，妳的男朋友是模特兒喔？那應該能接受。」

「算是男朋友嗎……」

加奈子稀鬆平常地在餐桌前坐下，吃起鯛魚燒。悅子也自然地坐在對面，伸手抓起熱騰騰的鯛魚燒。兩個月前不知被誰踩出一個洞的地板，已經由加奈子任職的房仲公司買單修好。

「你們都沒有進展？」

「沒有耶。」

「黃金週快到了，你們不如相約去巴黎呀。時尚圈的人不是動不動就往巴黎跑嗎？」

「妳說的是時裝週的策展期間吧，那也不關我的事，時裝週只有總編能去，副總編是去米蘭，其他小員工是去紐約。」

「不然，你們去母親牧場（註8）玩吧？那裡的霜淇淋很好吃喔。」

「好吃是好吃……」

說到黃金週假期，出版社有所謂的「黃金週進度表」。由於這段期間印刷廠、通路和各大廠商都會放假，所以出版社必須提前截稿印書。雜誌組的森尾最近都帶著無敵臭臉在桌前趕工。

「加奈子，問妳喔，由我主動約他好嗎？他會不會覺得我太黏，因此變得討厭我啊？」

「呃，這是清純小女生才有的煩惱吧？妳是不是搞錯自己的路線了？」

總覺得自己被狠狠地酸了一頓，悅子無話可回。

「心動不如馬上行動，打電話吧！」加奈子雙眼閃閃發亮地逼近，悅子以智慧型手機沒電為由拒絕，對方卻拿出行動電源，她只得無奈地接上。

「我前陣子才被他看到很醜的臉。」

「不會啦，的確大部分的女人卸妝後都是醜八怪，幸虧妳有化妝跟沒化妝一樣，玩隔

註8：Mother Farm，日本千葉縣鬼淚山頂的牧場主題公園，創始者前田久吉為紀念母親而命名。

夜也沒問題的！」

「不，現在應該訂不到旅館，算了，我放棄。」

「不要找藉口，快點打！妳不打我幫妳打，幫我解鎖！」

「住——手——啊！」

就在悅子從加奈子手中奪回手機的一瞬間，機殼傳來振動，悅子看著螢幕，懷疑是自己看錯——來電的對象，正是讓兩名女子為了要不要打而爭論不休的當事者。

「天吶小悅，我感受到命運了！」

悅子沒有餘力吐嘈「命」是「ㄥ」的音而不是「ㄣ」，心想猶豫不決反而會更加緊張，索性豁出去按下通話鍵。

「……喂？」

『啊，喂？我是是永，妳現在方便接電話嗎？』

「沒問題，呃，等我一下喔。」

一旁的加奈子把耳朵貼了過來，悅子不想被偷聽，直直衝上二樓。即便加奈子再怎麼厚臉皮，也不好意思入侵到二樓的私人空間。悅子緊關上拉門，集中全身的注意力至聽筒。

『河野，妳黃金週的行程排滿了嗎？』

「……來啦——！」（心之聲）

悅子努力將差點脫口而出的歡呼埋入理性的沼澤，佯裝平靜地回答：

「不，完全沒排。現在去哪都訂不到旅館，我想說不如在家好好休息。你呢？」

『啊，太好了。呃，似乎也不對。那個……方便的話，要不要和我去輕井澤玩？』

「……來啦——！」（心之聲）

為了不讓對方看穿自己也有「差點脫口而出（略）理性的沼澤（略）的醜陋欲望及煩惱」，悅子猶豫著是否該用「可愛爽朗的語氣允諾」，這時是永先行開口：

『我有個模特兒朋友，連假本來要和男朋友去訂好的別墅玩，結果突然接到國外的攝影工作，不得不臨時取消，問我要不要代替他去。』

是永如此解釋。悅子在心中對著自己歡欣到發抖的聲帶說「我是女演員」，然後冷靜以對：

「真可惜。你若是不嫌棄，我很樂意和你一起去。」

『那麼，詳情我再發信給妳。啊，花粉症有沒有好一點？』

「好多了，原來那不是花粉症，我感冒了。」

拜託千萬不要復發——悅子暗自祈禱，並在兩分鐘的閒話家常後結束通話。全身的力氣彷彿一口氣被抽乾，她整個人累癱在榻榻米上。

「小悅，你們聊完了？結果怎麼樣？爆炸頭說什麼？」

加奈子從樓下大叫。悅子拖著身子來到樓梯前，向樓下的加奈子比出大拇指。

「我現在下樓梯肯定會摔死，加奈子，妳上來吧。」

話聲剛歇，加奈子便以子彈列車之勢衝上樓梯。悅子暗忖：房子要是給妳震垮，妳要怎麼賠我啊？不對，這裡本來就由她的公司負責管理，員工弄壞出租物件，當然是仲介公司自行買單。但樓梯要是垮了，我明天要怎麼去上班啊？不對，我應該先擔心洗澡和上廁所的問題……這些都不重要！我想好好思考男女交往的問題啦！臭房子！

女人才不是一天到晚只想著談戀愛的生物，少瞧不起女人！網路上時不時能看到類似發言，而這多半是在職場奮鬥的女子與大嗓門的家庭主婦們，針對星期一和星期六的黃金時段連續劇內容所提出的反駁。而悅子也從迄今校對過為數不少的小說裡，感受到滿腦子戀愛的絕對不只有女人。

男性作家的書中也會大量充斥著女人、戀愛與性愛場景，有些人甚至會寫出令人懷疑「男性的大腦絕大部分是由精蟲和女體所構成」的作品。不過也有作家幾乎不描寫女人，程度之清淡，宛如蛋包飯旁邊的香芹，或是裝在免洗紙套裡的牙籤。當然，作品並不等於作者本人，專寫女人的作家可能是同性戀，可能是偽裝成男性的女性作家，世界上或許也有人偏愛香芹和牙籤。連存在於「小說」這個虛構小盒子裡的男男女女都擁有各自不同的想法，如果今天把探討的對象換成存在於遼闊真實世界裡的男人與女人，一心只想著談戀愛的女人，比例上或許不算少吧。盲目地追求戀情的女人，通常沒什麼心力去關心其他人的感情生活，她們不看愛情偶像劇，不成天掛在網路上。她們用心經營感情，這樣的人怎麼可能是笨蛋呢？柏拉圖（男性哲學家，大概很聰明）重新定義了與「無私之愛（Agape）」、「朋友之愛（Philia）」等字彙並列的「男女之愛（Eros）」，如果這種愛當真存在，從人只不過是一根蘆葦（註9）的時候起，戀愛對人類來說就是一大生命課題，無關性別。

「不，無論我們再怎麼努力合理化自己的行為，人類的祖先都是猴子，不是蘆葦喲。」

「噯，今井，怎麼辦？我應該穿什麼衣服？接吻前是不是應該先卸掉唇蜜？男人喜歡哪一款的香水？成熟點的比較好嗎？還是用衣物柔軟精就好？現在除毛來得及嗎？內衣和內褲是不是成套比較好？啊，要是太刻意對方反而會多想喔，還是隨興一點呢？睡覺的時

註9：布萊茲．帕斯卡（Blaise Pascal，1623—1662）法國哲學家、數學家，「人只不過是一根蘆葦」出自於他留下的《思想錄》。

候耳環要拿掉嗎？嗯啊——！怎麼辦啦！」

「妳有在聽嗎？我說猴子。我知道這麼說可能有點難懂，但真的是猴子喔。」

「是說，柏拉圖在《饗宴》中描寫的Eros是少年愛吧？那是不是類似巴代伊（註10）所寫的《情色論》？」

總而言之，悅子現在忙著攻略男人，整顆心雀躍不已，結束工作後逢人就問，正巧逮住了要下班的今井和米岡。抓住這兩個人真是天時地利人合，她剛好有其他事情想請教米岡。

雷射除毛需要時間，這次請自行處理。內衣褲務必成套。衣物柔軟精一聞就知道，建議挑選Dior、Chloe等品牌的主打香水。許多日本男性無法接受Creed、Penhaligon's等品牌的頂級香水。

悅子將今井的話牢記在心，接著飲盡桌上酒杯裡剩餘的啤酒，把空杯推向角落，轉向米岡說：「對了。」

「請幫我看看這個。」

悅子在他面前攤開白天關閉戀愛模式工作時，所寫下的註記與每回初校紙本的書名頁。

「這是什麼？戀愛作戰表？」

「不，我們先把戀愛大作戰放一邊。這是森林木一至今連載過的小說初校紙本校樣，以及當中特別令人在意的日語標示法。」

選錯漢字、中途加寫的文章與原來的文章會反覆出現相同字眼、單純的錯漏字……悅子發現這位作家的錯誤具有一定的法則。

「……河野妹，妳看起來很散漫，想不到真的都有在認真工作呢。」

「我想早點受到認可，調去其他部門呀。」

——這是我的戀愛紀錄，也是我活過的證明。我我現在居住的國家，正緩慢而確實地邁向死亡，我在邊陲地帶的TS住宅區13P389111的古典網路咖啡廳，打下這份文件。我不確定這個史前時代的裝置能否連接上國家網路主機伺服器，倘若有人活到未來，將它連上伺服器，或是從某處駭進這台電腦，甚至中了擴散型病毒，這份文件說不定會被某個人看到。我懷抱著這份文字可能流傳後世的渺小希望，將一切賭在這個古老的裝置上，用著不甚熟悉的鍵盤敲打文字——

註10：喬治・巴代伊（Georges Bataille，1897—1962），法國哲學家。

這是連載第一回的第一段內容，相信任何人讀了都會馬上發覺「我我」形成疊字。

而連載第二回的第二段內容如下：

——那個人從懂事的時候起，就被喚作特托拉。特托拉在教育中心學到，日本國民直到西元二〇一五年，才第一次擁有國家分配的識別編號。無法無法避免的是，這套制度之後又幾經修改，現在的識別編號已經完全不同於二〇一五年了。在識別編號的強制實施下，人們不再需要個人姓名。為了避免編號過長，會根據一定的規則改成英文縮寫，如果那串文字剛好讀成「特托拉」，那個人就叫做特托拉——

這種疊字一眼就能發現，刪除甚至不需花上一秒。

隨著連載回數增加，這種顯而易見的疊字、錯誤用字和打錯字也往後推移。連載第一回時出現在第一個句子後面，第二回時出現在第二個句子後面，以此類推……來到第七回時，悅子憑著感覺，將這些疊字和單字重新組合之後，得出以下句子：

「我　無法　從那裡離開　等待　救援　地點在　住宅區的」

如此這般。由於目前只連載到第七回，不知道接下來的內容是什麼。另外，在原稿當中，「等待」打成了「等呆」，無論怎麼想，這樣的錯字都非常不自然，一定是作者為了被人發現而刻意留下的。

就連拚命挖苦悅子人不可貌相的今井和米岡，在看到這串文字之後都驚嘆連連，先是一陣大笑，然後安靜下來。

「還有，這位作家的文章很明顯地越寫到後面越亂。本來文字還算密密麻麻，後面卻頻繁地使用換行充頁數，整體越來越詞窮，贅字卻大增。」

「……」

「森林木一該不會被某間出版社監禁，逼著交出大量稿件吧？」

「沒那回事，他上星期才接受過我們家《書的雜色》的專訪，貝塚應該也有陪同出席。」

「……你也太熟了吧。」

「他很帥啊，我有追蹤他的ＳＮＳ。」

這恐怕是悅子長這麼大以來第一次愛上讀小說。在此之前，她不曾有過「好在意劇情」的想法。放任不管應該無所謂，她也不想對作家的事過度干涉，只是這七個字實在很嚇人，她無法裝作沒看見，所以才決定找米岡商量。

「你下次和貝塚聊天時，可以幫我探聽口風嗎？」

「好是好，但妳為什麼不自己問呢？」

「反正我去問他也只會說『關妳屁事』，我會被他給氣死。我不想毀了現在的好心情。」

「也是喔。」

悅子和米岡一不小心就認真討論起來，今井似乎聽膩了，專心地看起菜單。

《週刊K-bon》一年有五次合併號，其他友社旗下的刊物一年約有四次合併號。對出版社而言，一年當中最難熬的時期就是盂蘭盆、歲末年初和黃金週連假，因此五次合併號算很多了。聽說泡沫經濟崩盤後，不少記者因為過勞而接連發生血尿，出版社因此遭受抨擊，公司才開始懂得讓員工適度放假。其他友社的雜誌也曾傳出過勞死的案例。

真可悲啊——悅子看著被人遺留在電車鐵架上、封面是泳裝美女的週刊雜誌心想。就算記者邊忍著血尿邊撰寫報導、校對做得萬無一失、文字與排版無比完善，應該也沒有讀者會看得那麼仔細吧。和文字的正確度相比，心裡想著要脫掉寫真女星內褲的人說不定還壓倒性居多呢。

內褲……內褲。

悅子平安地過完連假前的最後一天上班日，趕在東西百貨打烊前衝進內衣賣場。回家以後，她從全新的黑色紙袋裡，取出兩組包裝可愛的內衣褲。她怕猶豫太久反而會衝動買下太過火的款式，所以刻意選在關店前去，並為自己明智的選擇沾沾自喜：她買了深藍色與卡其色的內衣褲，兩套都是裝飾高雅的款式。他們這次預定玩三天兩夜。悅子收到信時，心裡雖然想著「可以再多住幾天唷！」不過她當然沒膽這樣回信。

悅子望著內衣褲，因為各種妄想而苦惱，這時口袋裡的手機突然傳來振動，害她心跳漏了一拍。不不，我、我才沒有胡思亂想！悅子下意識地對著電話解釋，這才發現上面顯示的名字是「森尾」。

『悅子，妳到家啦？吃過晚餐了嗎？』

一按下通話鍵，旋即傳來森尾彷彿被榨乾的聲音。

「嗯，我到家了，但我還沒吃飯，妝也沒卸，可以出門。」

『太好了，我們出來碰面吃飯吧？』

森尾報出距離悅子家只需搭地鐵兩站的耳熟店名後結束通話。印象中那是一家下酒菜全在兩百九十日圓以內、與女性雜誌編輯形象不搭的平價小店。

悅子趕到被香菸與炭火爐燻得煙霧裊裊並擠滿上班族的小店時，森尾已經到了，她看起來面容憔悴，對同樣在吧台前坐下的悅子說「路上辛苦了」。

「妳怎麼了？臉色又變得這麼差。」

「最近工作不太順利。」

她手邊的記事本翻著空白頁面，旁邊丟著一枝原子筆。在這麼混雜的店裡工作，有靈感才奇怪吧——悅子暗想。待酒和小菜端上桌後，悅子才追問詳情。

這件事說來話長。不久前，森尾提出了《C.C》不曾推出過的嶄新企劃，並成功通過企劃會議，由她負責執行。根據悅子的印象，上個月發售的《C.C》裡面，確實有兩個前所未有的亮眼企劃。雜誌捨棄了過往強調的主題「如何受歡迎、惹人憐愛」，改追求女強人路線，原來那是森尾負責的啊。

森尾完成了自己心滿意足的企劃頁，然而讀者問卷的反應並不好。有一位自稱是雜誌神祕客的知名部落客，以模仿週刊雜誌的聳動標題〈C.C女孩終於走偏了？〉發文帶風向，引發讀者對於新企劃的反彈，拜此所賜，森尾這個月的提案全部落選。

「……真沒想到妳會為了這種事情而消沉，我好意外。森尾，妳也會在意網路評論啊。」

悅子回想起在進入公司前的交流餐會上認識森尾的經過。在當時悅子的眼裡，森尾是如此美麗、堅毅，既不逢迎諂媚，又能與人和諧交流，率直地表達自己的意見。她絕不是一個頑固的人，倘若情況不利於己，她會二話不說地爽快道歉。對徹底貫徹己念的悅子來說，森尾柔軟沉穩的處事方法吸引了她的注意。聽說她是長年住在國外的歸國子女後，悅子有種恍然大悟的感覺。

「現在做行銷很仰賴ＳＮＳ的傳播功力，雜誌圈的人和影視圈的人一定會去查看網路評價……對喔，這基本上不是校對員的工作，被罵的通常都是編輯？」

「嗯，讀者根本不知道有校對員和審定工作者呀，我也是進公司後才知道的。」

「妳為什麼會被分發去校對部呢？」

「是我們的部長收留我的，聽說我本來會被刷掉。」

悅子猛然想起自己忘記說了。去年年底，她從文藝校對組被調到雜誌校對組時，杏鮑菇向她說明了當初錄取她的所有經過。大致解釋完畢後，森尾語帶深意地說「他真是個好人」。

「但是不知道他葫蘆裡賣什麼藥，總覺得他最近怪怪的。」

「經妳這麼一說，我上次在咖啡廳看到那個部長在讀某本書的校樣，看著看著還哭了呢。」

「真的假的？他在讀哪本書啊？沒想到男人也會看書看到哭耶。」

「這不奇怪啊，上了年紀的大叔淚腺很發達的。我每次拿公關票去看以戰爭為題材的電影時，電影院裡都有一堆上了年紀的大叔痛哭流涕呢。」

森尾似乎稍稍恢復了活力，不再只是拚命喝酒，還點了一盤小菜。人一般有兩種類型：一種是遇到壓力會暴飲暴食的類型，另一種是會厭食的類型，悅子屬於前者，森尾想必是後者吧。

大約坐了一小時半，森尾神清氣爽地說「謝謝妳陪我」，對著店員舉手表示結帳。但接下來，她卻道出令悅子愣住的事實。

「我明天要出發去輕井澤的別墅玩個三天兩夜。啊，那是我大學同學家的別墅啦，不是我家的。一共五個人，除了我以外的其他四人都是情侶檔，話說我到底是去做什麼的啊？」

「……」

「我一個多月前在總務部遇到過貞操褲，連她都訂了我們公司在舊輕井澤的休閒度假中心呢，日期和我一模一樣，說要和『小春春』一起去。小春春是誰啊？聽起來超像機場環境促進協會的卡通代言人。」

我死定了。是說，這個協會是真實存在嗎？等一下來查查看。

「悅子，妳的黃金週要怎麼過？」

「……我要去輕井澤。」

「什麼？不會吧？和誰去？」

「……是永……」

「妳去死吧！」

妳才去死咧！悅子努力憋住這句話。沒想到去度個假會遇到一堆熟人，這下怎麼能放鬆地玩嘛！

第二話

校對女王與戀愛小旅行

後篇

悅子的研習筆記 其之十四

【平裝】書籍雜誌一般使用的裝訂法，有書背。

【中央裝訂】沒有書背，使用騎馬釘固定中央，書籍可以對半攤開。

【騎馬釘】總之就是很大的釘書針，上面並沒有馬頭標示，而馬也不可能幫忙裝訂。

嗨嗨，大家好，我是河野悅子，猜猜我現在人在哪裡呢？

正確答案是這裡——看到了嗎——？輕井澤呀呼——！

……我偶爾也想這樣說說看，感受一下小確幸啊。我是不知道那些女藝人說這些台詞時，心中有沒有小確幸啦，不過觀眾的心也會跟著飛揚起來。這樣子啊——開心的旅程在前方等著妳呢！好興奮喔呀呼！大概就像這樣吧。至少悅子每次都是懷著這種心情準時收看節目。

我為什麼會跑來這裡呢？本來這個時間，我應該正和親愛的是永一同享用著美味的午餐啊。

一幢古宅佇立在下起綿綿細雨的白樺樹林中，聽說它建於昭和初年，當地的某戶有錢人家曾經跨越兩代住在這裡。說到它的具體外觀和內部裝潢，如果你的腦中浮現「#古董#典雅#挑高空間#大廳#雙層樓房#富豪」等Instagram式的標記關鍵字，那你大概猜中了九成。聽說現在住在這裡的人，與前屋主沒有任何血緣關係，純粹是前屋主的好朋友。而這位好朋友呢，在這裡舉辦了「僅邀請少數親朋好友參加的私人派對」，於是，與他們毫不相干的悅子陰錯陽差地來到這裡……（略）

稍微把時間向前推移。

悅子和是永直接接收了那位模特兒朋友原先為了和男朋友去旅行而訂好的車票，兩人在早上十點搭上從東京發車的新幹線，來到輕井澤。附帶一提，那位模特兒朋友是男性，而他的男朋友則是在英國工作的印度人，職業為工程師。這對情侶彼此工作忙碌，好不容易敲定出遊行程，孰料其中一方最後依然為了工作拋下愛情，兩人因此大吵一架，即將面臨分手。悅子對此感慨良深，看來不管是異性戀還是同性戀，全天下情侶吵架的原因都大同小異呢。

——河野，妳這是第幾次來輕井澤玩？

兩人在乘車率超過百分之百的車廂內並肩坐下後，是永如此問道。

——第三次。

——啊，和我一樣。我小時候和家人來過兩次，可是幾乎不記得了。

——我們大學分組合宿時，兩次都去輕井澤。

——真好，女子大學的合宿，聽起來很夢幻。

——才不呢，我們幾乎沒在念書，整夜通宵聚賭，打花牌和玩大貧民（註11）。

——……是喔……

完了，我好像說錯話了。是永看起來有點兒掃興，悅子急忙將話題帶回他的童年，並且順利地聊了一個多小時。下車之後，他們又從車站招計程車，行經別墅密集地帶和塞車路段，花費大約四十分鐘才抵達別墅。光是移動就累壞了，一路上還人潮洶湧。沒辦法，畢竟是連假嘛。

出租別墅的總坪數是悅子家的五倍大，牆壁是一整片的窗戶，看上去是相當高雅的平房，建築物零星散布在人工種植的白樺樹林之間，並且保持著看不到人臉的距離。世界上竟然有這麼棒的休假好去處——悅子宛如發現了新世界，以新鮮的心情眺望窗外。距離他們稍遠的別墅露台上，兩個孩子圍著桌子跑來跑去，追逐嬉戲。

「怎麼了？」

是永確認完水利設備後，站到悅子身旁問。

「沒事，只是想到我從來沒和家人來玩過，所以有點羨慕他們。」

在露台上追逐的其中一個年紀較小的孩子不慎摔跤，一位像是母親的人從屋內走出來，與年紀較大的孩子一同安撫年紀小的孩子。

註11：一種日式撲克牌遊戲，又稱大富豪。最先打出手上所有牌的人先贏。

悅子家是做生意的，黃金週期間父母都要開店工作，盂蘭盆和過年時雖然會放假，不過悅子的爺爺在她讀幼稚園時生病，年事不高仍需要家人看護；五年後爺爺過世，緊接著換成奶奶染上重病，需要家人照顧，等奶奶離開時，悅子已經從會因為「全家出遊」而手舞足蹈的年紀畢業了。悅子的家鄉非常傳統，由媳婦居家照護親人是約定俗成的規矩，因此他們也不方便讓兩老住進養護中心。

奶奶去世後的某年過年，父親提議「要不要和爸爸媽媽去關島玩？」當時就讀高中一年級的悅子拒絕了。高中生才不想和家人去旅行，悅子當年將頭撇開了。然而在她的年紀即將來到二十五歲的現在，忽然對於過去有股罪惡感。人生在世，又剩下多少機會能見到父母呢？

「既然這樣，妳就把這次當成妳第一次的家庭旅行，盡情地玩。妳有想去的地方嗎？」

這句話在腦內轉了一圈，趕跑了她寂寞的思鄉情懷，並在誤會的方式下被理解。

「……家庭旅行？我們算是家人嗎？」

「啊，抱歉，我不是那個意思。該怎麼說呢……」

你是我的爸爸嗎……？還是丈夫呢……？如果我說想去聖保羅天主教教堂（註12）會不會很奇怪啊？

「總之我們先放下行李去吃午餐吧，從這裡去舊輕井澤只要走二十分鐘。啊，如果很累就叫計程車吧。」

「不用，我精神很好！」

「太好了。我朋友有事先訂好午餐的店，我們去那裡用餐好嗎？」

「當然好啊！」

悅子火速走向臥室，連打開行李的時間都不浪費，直接把整個包包扔進衣櫥中。回頭一看，室內有兩張鋪著潔白床單的大型單人床。難得出來旅行，她當然想盡情享用午餐和晚餐，卻也怕親密接觸時肚子會凸出來破壞形象，於是決定少吃一點，還得盡量避免蔥與蒜。這種少女心已經好幾年沒出現過了。

嗚哇——！我真的打從心底緊張得小鹿亂撞！好想對著誰大叫喔！

「……早知道就堅持推掉……」

貝塚大概是沒聽到悅子悔恨的低語，把像是香檳的氣泡酒倒入杯中，塞到氣到呆滯的悅子手中。

註12：輕井澤的觀光勝地，1935年由英國人所建，也是許多情侶夢想結婚的地點。

「妳之前提過的『大帥哥』，原來是是永啊……」

「我可沒有胡說喔？」

「……我只是很意外。」

「那麼，你能幫我保密嗎？」

悅子現在位於的地點，是作家龍之峰春臣的私人宅邸。貝塚和森尾也在同一個屋簷下，黃金週的氣氛都泡湯了。悅子和是永離開出租別墅，朝著舊輕井澤的方向走還不到十分鐘，貝塚便搭著計程車經過，從車內探出頭來叫住他們。

——連是永也受到邀請啊！寬鬆世代？妳來這裡做什麼！

來約會的啊！看了不就知道嗎？你才是鬼遮眼的公司小齒輪！悅子當時一定露出了殺人鬼的表情，幸好是永沒看見。

貝塚表示，龍之峰春臣即將在私人別墅舉辦午餐派對，請是永務必來參加。是永回道「我正要和河野去吃午餐」，貝塚才一副心不甘情不願的樣子順便問悅子：「要不要一起來？」悅子心想「你明知道我是和他一起來的，卻只想找他去啊？」於是加倍憤怒地說「你的好意我心領了」，怎知屋漏偏逢連夜雨，森尾等人剛好搭車經過。輕井澤也太小了吧。

——這不是悅子嗎？天吶好巧喔！你們住附近？

貝塚眼見森尾從車上下來，臉上綻放光芒。

——森尾！我們正要去參加派對呢，方便的話要不要一起？

明明之前才被狠狠地拒絕過，還真是學不乖啊。

——那裡會有未來可能變成有錢人的帥哥嗎？如果有我就去。

——……我相信有的。

如此一來，森尾終於逮到機會，不用再跟兩對閃光情侶一起行動。只見她跑回原座車，悄聲對開車的男子說了幾句話，然後提著晚宴包回來，瞪了悅子和是永一眼，眼神像在說「你們怎麼好意思讓我和這傢伙單獨相處？」一行人就這樣坐進貝塚搭的計程車。竟然一而再、再而三地遇到熟人，輕井澤真的太小啦！

放眼望去，少說有五十人聚集在會場，悅子被大廳的容客量嚇到。角落放著一台古典鋼琴，這裡說不定能舉辦小型演奏會呢。

是永一走進會場馬上就被女人們包圍，久久回不到悅子身邊。悅子感到心神不寧，但並不是因為吃醋，她問旁邊的貝塚：

「噯，是永不是不露臉的嗎？參加這種聚會沒問題吧？那些女人會不會上傳照片到Instagram，旁邊寫著『見到型男作家了』之類的啊？」

「別擔心，這是很封閉的社交場合，尤其是在輕井澤。」

貝塚表示，是永雖然是不露臉的作家，但出版社文藝圈的人都知道他的身分。還有，會參加這類社交活動——「輕井澤派對」的文壇人士，都很懂得對外保密。

你們是共濟會嗎？悅子忍不住在心裡吐嘈，不過也對這樣的安全維護感到很放心，舉目眺望整個樓層。

「這棟房子好像會發生殺人事件的舞台喔。」

貝塚不知被誰叫走後，森尾端著餐盤走回來說。悅子也是打從進門的那一刻起就這麼想。

「感覺等一下會有人不見，大夥兒去二樓叫他，才發現他已經死了。當然，兇手就在我們之中。」

「妳覺得誰最可疑？我覺得是他啦。」

森尾輕輕一指，悅子順著望去。那裡站著一位眼熟的男子，正以熟練的儀態與賓客們談笑風生，那身度假風的麻外套與相同材質的七分褲，搭配深褐色的平底涼鞋，竟然合適到引人發噱。圍在脖子上的輕質圍巾當然是淡粉紅色。悅子想起他的身分，對森尾說：

「他是我們公司的人……」

「真的假的？我們公司有這麼像『博通』的人嗎？」

「嗯，他是今年剛進來的新人，記得是這裡的屋主的兒子還是孫子吧，是『Royal級的靠爸族』呢。」

補充一下，景凡社在這裡使用的「Royal」並不是「皇家」的意思，語感類似中文所說的「老爺」。就算是靠母方的關係進來，一樣統稱為「Royal級的靠爸族」，說來還挺隨便的。

「那是愛馬仕Izmir系列的男士涼鞋耶？新人才買不起那種東西呢，他的殺人動機是為了錢……？」

「等等，他沒有殺人。是說，他可是這棟別墅的主人的兒子或孫子耶，市價八萬日圓的涼鞋對他來說，就像花個八百日圓吧？」

正當兩人竊竊私語，新人似乎察覺視線，看了她們一眼，然後帶著燦爛到令人發寒的笑臉走過來。

「這不是《C.C》編輯部的森尾小姐與校對部的河野小姐嗎？歡迎參加我們的派對，我是龍之峰的孫子——伊藤保次郎。」

原來龍之峰是筆名啊，伊藤聽起來意外地普通呢。

「你怎麼知道我們的名字？我們不是第一次見面嗎？」

「像妳們這麼漂亮的小姐，名字我一下就記起來了。」

你是義大利人嗎！——兩人大概同時在心中吐嘈。令人意外的是，伊藤接著對森尾說：「《C.C》不久前才推出過很特別的專題報導呢，好像是叫英國龐克風？」沒想到他有在追時尚雜誌，難不成米岡的情報出錯了？這個人鎖定的目標其實是女性雜誌編輯部？悅子下意識地瞪著他，旁邊的森尾也提高警戒，板著臉問：

「你怎麼知道？」

「我一進公司就讀完全部的雜誌做功課。我以前一直認為《C.C》是以可愛女孩為代表的雜誌，這下還真是吃了一驚。我認為那是很棒的企劃。批判社會的精神很重要，我也認為女人光靠可愛是不行的。尤其現在全世界都在關注日本的『卡哇伊』文化，我很高興妳們在這時候推出了表達叛逆精神的英國龐克風。我從來沒想到會在那本雜誌裡看到詛咒合唱團（The Damned）、衝擊合唱團（The Clash）的名字，更沒想到有一天裡面會附上性手槍樂團（Sex Pistols）、薇薇安・威斯活（Vivienne Westwood）與馬金・邁卡倫（Malcolm McLaren）這三者之間的關係年表。啊，我高中和大學都在倫敦念書，受國外影響太深，如果讓兩位不舒服，我先在此道歉。畢竟我在英國住了七年之長，難免會把那裡當成第二個故鄉。」

伊藤滔滔不絕地發表高見，令人很想挖苦：「你真的只有二十出頭嗎？」不知好強的森尾會如何反駁他自以為了不起的論點？

「……多謝指教。」

她勉強擠出這句話。真教人意外。正當森尾準備說下一句話時，貝塚掛著不自然的笑容，面頰泛紅地回來，手搭上伊藤的肩膀。

「嗯嗯嗯——？伊藤啊，你在這裡做什麼——？你們認識——？」

「噢，貝塚，這是我們公司《C.C》編輯部的森尾小姐，以及校對部的河野小姐。」

「我知道啊！本人在公司可是待得比你還久喔！」

「噢，抱歉，你看起來沒什麼異性緣，我還以為你和女同事都不熟呢。」

只見貝塚咬牙切齒，卻說不出一句反駁的話，悅了在心中大笑「活該」。伊藤雖然給人太過世故的感覺，私底下說不定意外地是個好人呢。

之後貝塚又被遠方的賓客叫走，悅子自己待了一陣子後，是永終於回來找她。森尾則在一旁與伊藤聊開了，兩人的氣氛相當不錯。

「對不起，我被人抓走了。」

「你不用在意。有沒有遇到工作上可能合作的對象呢？」

「沒有耶。只是啊，被我視為假想敵的作家也來了，人家介紹我們認識，我去和他聊了一下。」

「是哪一位作家？」

說了我可能也不會知道——想歸想，悅子還是姑且一問，想不到是永回道：

「一位叫森林木一的作家，他寫的小說世界觀很難懂，說是假想敵好像不太對，應該說，他是我追求的目標吧。」

那你贏了。如果要比誰寫的小說比較難懂，絕對是你遙遙領先——正當悅子猶豫著要不要說，是永率先開口：

「然後，森林邀我今晚去他家玩，我有點興趣，妳覺得呢？」

「……」

悅子瞄了手錶一眼。已經下午四點多了，三天兩夜的旅行，竟然浪費了整整一天出席社交場合，她感到非常光火。這麼想吃飯，你是不會自己來東京啊？悅子甚至想罵這位素未謀面的作家，但若不是這次來參加聚會，平時是永也沒機會認識其他作家，因此她笑著回答「當然好呀」。再說，她也有點在意森林木一錯誤百出、明顯出現疊字的原稿（直到現在才想起這件事），加上聽說他本人很帥，那似乎有會一會的價值。

每個產業都有傳說級的奇聞軼事，而校對業也流傳著幾則著名的事件。悅子參加部長充滿冷笑話的研習課時，幾乎都是左耳進右耳出，所以只剩下模糊的印象；其中記得最清楚的，是某位女作家的女兒以「我與母親的回憶」為主題，出版隨筆集時發生的糗事。當時書末收錄了某位評論家寫的導讀或是雜誌書評——文章格式悅子已經記不得了，總之那位評論家在文中說「感謝您母親生前給予的諸多關照」，怎知那位母親根本還活得好好的，書籍出版後特地從國外打越洋電話通知編輯部「我還沒死！」真是鬧了個大笑話。

相信所有出版從業者聽到這則故事都會冒冷汗吧。據說那位母親在書籍出版的十年前便和當畫家的小男朋友搬去巴黎住、從文壇銷聲匿跡，評論家下筆前沒查清楚實在很不可取，該位書籍責編對自己負責的書心不在焉，也是昭然若揭，而那位校對員如果生在古代，可能得切腹謝罪了。誰要負最大的責任不是重點，一旦書籍出現紕漏，所有相關人員都要承受相同的非難。然而今天發生的重大失誤，悅子也只能怨天、不能尤人。如今，她正因為某項錯誤而承受著與前述烏龍事件相同等級的絕望感。出乎意料的突發狀況使她眼前一暗。

——生理期來了……

悅子坐在馬桶上用手機傳ＬＩＮＥ給森尾，訊息馬上被讀取並傳來回覆。

——不哭不哭眼淚是真豬☆

……洩洩妳喔☆

太大意了。距離上次走，不是才隔三週嗎？原來太興奮會早來是真的？悅子從來沒遇過這種事，也沒料到這種情形，只能在心中大叫：我到底是為了什麼出來旅行的啦！

距離晚餐還有一點時間，悅子和是永一度回到出租別墅。進屋後她快步衝向臥室，從化妝包裡拿出衛生棉和止痛藥，回到廁所。女人的身體為什麼這麼不方便呢？悅子無理取鬧地怨恨起上天。但是來都來了，也只能認命了。

走出廁所後，她在洗臉台前吞下止痛藥，雙手拍拍臉頰給自己打氣，接著回到客廳。天空下著毛毛細雨，窗外天色昏暗，牆邊的柔光燈將屋內照成橘黃色，是永沉坐在沙發上眺望著窗外嘆氣，模樣美得如詩如畫。悅子重新感嘆自己是和如此美型的對象出來旅行，但如今又能怎麼辦呢？她所身處的世界才是現實。

是永猛然察覺悅子像跟蹤狂般呆站在旁邊看著自己，趕緊對她招招手。屋子裡面微風輕送，悅子這才發現窗戶開了一條縫。

「會不會累？我看你和好多人說話。」

悅子努力佯裝鎮定，在他身旁坐下。噴在耳後的香水味自己已經聞到沒有感覺，這時從是永身上飄來不知是洗髮精還是香水的味道，緊接著，悅子的肩膀感受到重量。

「借我躺一下。」

他的頭髮輕輕碰到了臉頰和耳朵。正確來說不是「輕輕碰到」，而是強烈地散發出存在感。爆炸頭比看起來的還柔軟呢——悅子想到這件事還不到一秒，身體便不由自主地僵住了。是永上半身靠了過來，頭枕著她的肩膀，閉上眼睛撒嬌似地輕咬她的上臂一口，然後就這樣靜止不動。

……感謝老天！我現在超幸福的！

總覺得喜悅和煩惱會一起從毛細孔噴出來，悅子毫無意義地閉氣。很好，內衣褲萬無一失！可是那個來了！怎麼會這樣——！

數分鐘過去，是永的頭向下一沉，接著傳來鼻息聲。悅子一陣疲軟，望著天花板大大地鬆了一口氣。她上次接觸男人的身體，已經是讀高中時的事了，腦子裡不禁想著自己從那時起就不再是處女，儘管當時她並沒有特別喜歡對方。原來男女交往是如此緊張的過程嗎？悅子感受到沉沉的壓力。

她重新審視是永垂放在沙發椅面的手，與平放在地面的腳趾，感嘆著他真是天神悉心打造的藝術品，就連指節、指甲的形狀與腳趾上的汗毛，都美得如夢似幻。在模特兒的圈子裡，應該有很多足以與他並駕齊驅的女人吧，他為什麼還選上我呢？說起來，他真的喜歡我嗎？我是不是被騙了？最後一天他會不會要我負擔全額費用呢？他的目的是上床嗎？不對，我的身體沒什麼好覬覦的吧，憑他的長相，應該有一堆女人付錢也想倒貼和他親熱。那麼，到底是為什麼呢？他的目的究竟是什麼？

疑惑不明的點實在太多，悅子莫非發起脾氣。可惡，這小子竟然若無其事地睡著。可惡，他的睡相也太可愛了吧。不行，我無法真的對這個人生氣——這段如坐針氈又伴隨著幸福的時光並沒有維持得太長，隨後口袋中的手機發出振動，悅子怕吵醒是永，小心翼翼地拿出手機。打來的是陌生的號碼，她不予理會，把手機放回屁股下。

但是才剛掛斷，手機又再次振動，悅子無奈地按下通話鍵，盡可能小聲地說：

「喂？」

『寬鬆世代？妳現在人在哪裡？』

悅子沉默地掛斷電話，正猶豫著要不要關機，對方又打來了。或許是公事上有什麼急事？念在這〇．一％的可能性的份上，悅子百般不願地再次接起電話。

「……您為何知道我的號碼？」

『員工通訊錄上有寫啊。原來妳一直都和是永在一起嗎？你們已經回東京啦？』

「我非得回答您不可嗎？如果不是公事，我要掛了喔，現在是我的私人假期。」

『妳那是什麼語氣啊，聽起來怪噁心的。啊，是永在妳旁邊？你們住宿喔？』

「是說，我們愛怎樣關你屁事？求求你不要打擾我的黃金週和重要的假期好嗎？是說，你打給我不是為了工作吧？是說你知道嗎？放假時接到公司的人打來的電話，已經是種騷擾了！」

『「是說」講太多次了啦！又不是女高中生！』

旁邊的爆炸頭動了，肩膀頓時變輕。你看啦——都是你害的！把他吵醒了啦——！

「……電話？誰打來的？」

是永聲音沙啞地問，剛起床的模樣甚是性感。悅子頭暈目眩地丟下手機，聲音分岔地說：「沒人打來啊。」

「……我夢到女高中生在電車裡抱怨打工。」

「現在的女高中生也是很辛苦的——」

悅子隨口呼嚨過去，此時下腹部猛然傳來劇痛。哪天不挑，偏偏挑今天特別痛！是永似乎眼尖地察覺她瞬間皺眉，冰涼的雙手反射性地搭住她的肩膀。

「妳還好吧？怎麼了？」

好痛。臉靠太近啦。千萬不能皺眉頭啊。怎麼辦？我的粉有沒有脫妝？悅子故作笑臉回答：「我沒事。」

下一秒，嘴唇貼了上來。

……

發生的那一刻還真的說不出話呢——悅子隔了一秒才茫然思忖。在煩惱之森迷路的她，好不容易來到名為接吻的存檔點。怎麼辦？如果他想繼續前進呢？我現在剛好生理期來，他要是把手摸進內褲裡可是會沾滿鮮血的啊。怎麼辦？要怎樣讓他知道？萬一他說是我誤會，那不是糗大了嗎？到、到底該怎麼做啦誰來救救我啊！

悅子覺得自己的脖子好像快要「落枕」，心情緊張到宛如待宰的羔羊，一不小心就忘了閉上眼睛，眼珠子驚慌得轉來轉去。這時，是永倏地退開。

「……我好像聽到說話聲？那支電話是不是沒掛斷？」

是永望著悅子的背後說。悅子急忙抓住丟在沙發上的智慧型手機，電話真的沒掛斷。

「……喂？」

『喂？喂？寬鬆世代？剛剛那隔了幾十秒的空白是怎麼回事？』

貝塚不知為何在電話那頭發怒。聽到他的聲音，悅子沒來由地鬆了口氣回道：

「十分抱歉，我明白了，我會轉達他的。那麼，恕我先行失禮。」

悅子將電話拿離耳朵，按下結束通話鈕，在掛斷的同時也彷彿斷線一般全身乏力。照理說，她應該要對貝塚這個程咬金生氣。不知為何，她卻感到如釋重負，隨後也氣如此矛盾的自己。是永似乎也覺得掃興，邊放下捲起的袖子邊從沙發上起身。

「……差不多該出發了。我去準備，河野，妳方便叫計程車嗎？」

「好的。」

悅子走到玄關，對照牆壁上貼的附近計程車行的電話叫車。他們好不容易接吻、好不容易開開心心出來旅行……總覺得事情突然變得一團亂，頭和身體變得好沉重啊。屋外依然下著雨。

怎麼又是你呢？這是悅子今天第二次在內心抱怨，但她隨後還是乖乖地去向作家打招呼。森林木一家與悅子他們租的別墅格局相似，窗戶很大，漆著白牆，客廳寬敞，原木餐桌上擺著一口吃法式開胃小點和竹籤輕食，冰桶裡放著兩支白酒。好面子——悅子貧乏的語彙能力，只能擠出這樣的形容詞。

不知為何，悅子還未踏入屋內、只是穿過外側大門時，便有一種彷彿臉上沾到蜘蛛網的奇妙感受，原因不得而知，實際上也沒有蜘蛛。可是當她推開玄關門時，同樣的感受再次襲來，這次一樣毫無頭緒，也沒有找到蜘蛛。客廳門一開，她頓時煩躁起來，這次的原因總算有著落了——是貝塚害的。

和她稍早在派對上瞥見的一樣，森林是位個頭嬌小的男子，本人近看比遠看更加瘦小，身高只比一五七公分的悅子略高一點，作家簡介上說他年紀很輕，實際上後腦杓卻有點禿，幸好從正面看不出來，某些角度看起來有那麼點像德國讀溫禮中學還是文理中學的美青年啦……

……這樣也配稱作信濃王子……？

回想起米岡的話，悅子只能深深感受到文藝圈的帥哥量不足。至少他不是悅子喜歡的類型。

森林、貝塚、是永與悅子坐在十坪大的客廳裡，森林的太太則在開放式廚房裡為他們端盛料理。悅子這時才發現，人們平時並不怎麼關心作家已婚還是未婚。

「我來幫忙。」

悅子向吧台內的女性搭話。料理台上擺著一顆顆裹上麵包粉的橢圓形物體，女子將它們一一沉入鍋中。

「感謝您的好意，真的不用幫忙，請坐著等上菜吧。」

女子有些吃驚地抬起頭。這樣說可能不太好，不過這位太太意外地樸實不起眼，與高級別墅格格不入，悅子認為她穿的衣服並不適合接待客人。一樣是樸素，她的類型卻和藤岩不同，看起來氣色很差，膚色蒼白得嚇人。每個在背後支持創作者的太太，都是這種類型嗎？

是永和另外兩名男子坐在靠窗的沙發上聊成一團，聊的恐怕是悅子無法介入的文學話題。她只能無聊地環視屋內，發現這裡少了某樣東西。

「森林老師平時都在哪兒工作呢？」

悅子一問，女子再度抬頭回道：

「那裡，二樓的工作房。」

對方沒有主動問起「要不要去看看」，悅子識相地結束話題。

之前她去本鄉大作的家中拜訪過一次，多虧賢妻亮子的妙手，屋內打掃得一塵不染，客廳有著大大的書櫃。她以為作家家裡都像那樣子，但這個家的客廳裡沒有書櫃。

反正我家也沒有書櫃——悅子心想。

「……唔！」

後方傳來女人的呻吟，悅子回頭察看，並聽見東西輕輕掉在地上的聲響。三個男人所在的距離似乎聽不見，因此沒有發現異樣。

「妳沒事吧？」

「……我被噴起來的油燙到。」

女人按住眼睛低下頭，眉頭緊蹙。

「抱歉，打擾了。」

悅子致意後走進廚房。夾菜的長筷掉在地上，鍋了裡炸的食物已經浮起，看起來是可樂餅。悅子撿起筷子，用餐巾紙拭淨後，從油鍋中夾起可樂餅，排放在調理盤上。

「對不起，感謝您的幫忙。」

「噴到眼睛嗎？讓我看一下。」

女人好不容易才將手拿開，她的右眼下方有一處發紅，圍裙下穿著起滿毛球的白色化學纖維運動服，袖口髒得不自然，悅子感到狐疑：這種髒法太奇怪了。

「……森林老師會對您施暴嗎？」

悅子將餐巾紙沾濕遞給她時，小聲地問。

「咦？」

「那是血吧？」

「不，您完全誤會了。」女子道謝後接過濕紙巾，繼續說道：「敝姓飯山，是森林以夫妻的名義同居的妻子。抱歉，拖到現在才自我介紹。我們家很久沒有客人來，我有點手忙腳亂……」

她邊說邊行禮。

「啊，我叫河野悅子，是景凡社的人。」

沒有名片真難自我介紹──悅子邊想邊低頭。

「哎呀，想必您是負責是永老師的編輯？」

「不是耶，呃──解釋起來很複雜。」

無法明言自己的立場令她稍有不甘，但她現在更在意飯山這個人。袖口的污漬是鮮紅色的，怎麼看都像血，其中必有內幕。如果只是剛剛擦了鼻血還能笑著帶過。悅子知道隨便插手別人的家務事會給自己帶來麻煩，可是、可是，如果飯山真的遇到家暴、某天不幸喪命，哪怕她們只有一面之緣，悅子也會良心不安的。

「還是讓我幫忙吧。」

看見飯山以濕紙巾按住被油燙傷的眼角繼續忙，悅子忍不住開口。這次飯山坦率地說「真不好意思」，從鍋前退開。悅子撈起油鍋裡剩下的可樂餅，接著問道：

「以夫妻的名義同居，表示兩位沒有正式交遞結婚證書？你們同居多久了呢？」

「大概十年了，當時森林還不紅。」

「十年！好久喔！和一個人同居這麼久不會膩嗎？」

面對悅子冒失的問題，飯山雖然略感驚訝，但也馬上回答「不會」。

「是我對他一見鍾情。我本來是他的小書迷，豁出去告白後，他竟然答應了。」

「請問您目前有在上班嗎？」

「……什麼？」

「呃，抱歉，我問得不好。只是想到兩位還沒正式結婚，您應該不算是全職的家庭主婦？」

「噢……您是上班族，會這麼想並不奇怪。不過嚴格說來，我比較接近全職家庭主婦，儘管我們沒有正式的婚姻關係。我也有點像是他的祕書吧。」

……還真的有小說家有自己的祕書呢。

悅子端著盛好的盤子上菜時，森林急忙來到桌前向她致歉。悅子低頭說「別客氣」，看著森林從她手中接過盤子，依然覺得哪裡怪怪的。飯山穿著如此骯髒的運動服，反觀森林，袖口乾淨得不得了。

這就叫做「糟糠之妻」吧。

「理沙，去地下室拿紅酒來。」

飯山依言點頭，走出廚房。

「這裡還有地下室啊？」

「有的，上一位屋主喜歡喝酒，因此裝了藏酒櫃。」

有錢人。悅子貧瘠的字典裡，只能想出這個單字了。

「哇——好棒喔，方便參觀嗎？」

「當然好。」

悅子跟隨飯山離開客廳，步下通往地下室的樓梯。細窄的走廊左側牆面的一部分被改造成藏酒櫃。

「好酷喔，太酷了——嗯，這個房間是？」

悅子望著右手邊的房門問道。

「是工作房。」

飯山打開藏酒櫃的玻璃門，邊挑選紅酒邊回答。

「……」

又是那種宛如黏到蜘蛛網的不對勁感。悅子迅速在腦中回想一遍來作客後所感受到的一連串怪異感受，然後——得出解答。大門旁邊的電線桿上標示的地址、玄關鞋櫃上放的郵件包裹與地下室的工作房……悅子緩緩從口袋中取出手機。這裡收不到訊號，也抓不到Wi-Fi。

「不好意思，我想借洗手間。」

飯山向她說明洗手間的位置，取出一瓶酒後送她上樓。悅子按照指示前往廁所，關上門後把耳朵貼住門板。十秒後，飯山的腳步聲接近，朝客廳的方向遠去。悅子輕輕推開門，躡手躡腳地再次下樓。

稍早的時候，飯山明明說森林的工作房在二樓。

——我、無法、從那裡離開。

那句話很像求救訊號。想求救的話，發郵件或打電話不是比較快嗎？為什麼要寫在原稿裡？

悅子豁出去地壓下右側房門的門把，門竟然沒鎖。她想像裡面關著一個瘦削的奴隸青年，夜以繼日地趕著稿子——他是森林的影子寫手，飯山袖口上沾的血，應該是毆打那名奴隸時弄到的。然而室內空無一人，只見桌上放著筆記型電腦與紙本校樣。在這個收不到Wi-Fi的環境下，那台筆電只插著電源線，沒見到網路線。

桌上的校樣是悅子日前才校對過的《週刊K-bon》。但旁邊還放著好幾捆分量厚到足以集結成單行本的列印稿，看它一捆一捆地捲著，應該是送去排版前先列印出來修改用的吧，Word原檔的列印稿上有許多編輯留下的鉛筆和紅筆註記。悅子快速看過幾行，內容是明治到昭和初年的故事。

字跡好眼熟喔，是我們家接下來要出的書嗎？悅子翻回最前面，確認編輯留下的訊息，卻越看越迷糊。

收件人不是森林的名字，而是「槙島祐」，責任編輯是「景凡社文藝編輯部・貝塚八郎」。景凡社裡姓貝塚的人只有一人，那個人現在就在樓上。成堆的原稿下方還放著好幾個寄件用的景凡社牛皮信封袋，交寄單上寫著「存局候領」，這邊的屬名也是「槙島祐」。存局候領需要攜帶身分證明文件才能領取，所以這肯定是本名。

誰是槙島祐？這個姓要怎麼唸？這是森林的本名嗎？不對啊，通常編輯留言給作家時，用的是筆名而非本名。的確是有不少作家剛出道時會用好幾個筆名寫輕小說，難道森林也是這一類作家，曾經使用本名當作筆名之一嗎？但景凡社會讓炙手可熱的作家一邊連載，一邊推出其他單行本嗎？

悅子用手機拍下紙本，悄悄退出房門，躡手躡腳、若無其事地回到客廳。在沙發暢談的三個男人已經圍坐在餐桌前喝酒。

「妳是掉到馬桶裡了嗎？去廁所那麼久。」

貝塚八郎（原來他叫八郎……）一看見悅子的臉就說。

「討厭，你還真的一點都不貼心呢，這樣子會交不到女朋友喔？」

悅子笑著回敬，在是永旁邊的椅子坐下。見是永拿起酒瓶，悅子端起面前的酒杯接受好意。

乾杯之後，悅子悄悄在桌面下偷看剛剛拍的照片，並在網路搜尋欄位輸入正確的漢字「槙島祐」，然後從為數不多的搜尋結果中找到了答案。

「景凡社文藝新人獎　入圍最終決選　《大正紅葉坂協奏曲》槙島祐」

悅子之前聽米岡說過，參加新人獎並打入最終決選的人，會得到自己的責任編輯。現在由於經費縮減的關係，大部分的獎項都不會指派責編，不過景凡社的新人獎是有的。責編會與自己負責的入圍作家展開兩人三腳，將修正完的原稿送交評審委員會，再挑選出得獎作品。

悅子關閉瀏覽器，將來到這裡之後發生的種種在腦中重整一遍，接著說：

「槙島，我想再要一個盤子，可以嗎？」

回話的到底會是誰呢？悅子決定賭一把。

「啊，是，請稍等。」

飯山極其自然地一聽到名字就站起來，悅子對著她的背影問：

「飯山小姐，問妳喔，槙島到底是誰呢？」

我　無法　從那裡離開　等待　救援

放在玄關的郵件包裹的收件地址郵遞區號為389-0111。屋外電線桿的路牌上寫著「〇〇町13」。悅子闖入地下室的房間後，全都想起來了。

——我我現在居住的國家，正緩慢而確實地邁向死亡，我在邊陲地帶的ＴＳ住宅區13P389111的古典網路咖啡廳，打下這份文件。

假設這個「Ｐ」指的是PLACE或POSTAL，這些數字與連載第一回的內容完全吻合。

「我之前誤以為妳袖子上紅紅的痕跡是沾到血，那其實是鋼筆的紅墨水吧？」

悅子向臉色越發慘白的飯山提出質問。

「呃，等等，槙島祐不是我們家入圍最終決選的作家嗎？」

貝塚完全處於狀況外，交替看著悅子和飯山的臉。

「啊？現在是怎麼回事？理沙，妳做了什麼？」

儘管不知道現在是在演哪齣，但森林恐怕察覺了什麼而站起來。是永露出緊張的表情，望著神色驚慌的一群人。

「貝塚，你和槙島祐本人開過會嗎？」

「沒有耶，她家住很遠，時間上也不方便，所以我們都寄信或用e-mail聯絡。等等，妳怎麼知道我是槙島祐的責編啊？」

「吵死了，你先安靜一點！」

「是妳自己問我的耶！」

森林面無表情地瞅著飯山，飯山則靜靜低頭。止痛藥的藥效退了，悅子只想快點回去。她不小心把備用藥品忘在出租別墅了。她重新面向森林，大聲宣告：

「森林先生，請教一下，您目前在《週刊K-bon》連載的小說的男主角叫什麼名字、住在什麼地方呢？我是負責那幾頁的校對員，每星期都很期待看到後續呢。請問，您是從哪兒學到國家雲端這個概念的？還有，我剛剛是故意把他說成『男主角』，您要是回答了，我會接著說『特托拉才不是男主角，她是女主角』。不過拐彎抹角太麻煩了，我做一次問吧——那部小說其實不是您寫的，對吧？」

森林的臉完全僵住，還來不及開口，飯山便在悅子的面前跪地磕頭。

「對不起，都是我不好！這不是木一的錯，是我擅自開始的！」

「我並沒有指責誰對誰錯！你要用影子寫手是你家的事！那個影子寫手是你女朋友也是你家的事！我管你有什麼理由！反正我也沒興趣知道！」

悅子忍不住暴躁地說。啊——肚子痛死了，好想回家。止痛藥拿來。

「我想說的是，我每個星期都很期待看到連載！結果每一期連載裡都混了求救訊號，看得我好煩吶！這麼想要人家來救你，怎麼不自己想點辦法！我對你們兩人之間的恩恩怨怨沒興趣！自己的問題自己救，不要影響到我們出版商好嗎！還有，飯山小姐，妳衣服穿得太隨便了吧！森林老師，如果你還把飯山小姐當成妻子，請至少讓她在需要招待客人時穿得好看一點！你不是信濃王子嗎？那就好好讓你的仙杜瑞拉穿上玻璃鞋啊！」

悅子幾乎一口氣說完這串話。貝塚，我都說到快喘不過氣了，你是啞了是不是啊？悅子氣在心裡，想不到率先站起來的人是是永。

「河野，我們回去吧。」

「嗯，我也想走了。」

是永抓住悅子的肩膀，將她拉離桌邊。貝塚也急忙起身，一頭霧水地送他們到玄關。

「呃？怎麼回事？到底怎麼了？」

「你自己問老師吧。不管發生什麼事，都不要讓《K-bon》上的連載斷掉，我很在意結局，我想也有很多讀者和我一樣。」

兩人穿上鞋子走出玄關，來到外側大門時，飯山跑過來叫住他們。

「啊，不嫌棄的話，這些拿去吃吧。」

她將匆忙塞入一大堆可樂餅的塑膠保鮮盒交給悅子。

「謝謝。」

悅子接過還熱騰騰的保鮮盒，向她鞠躬。

「全怪我自作主張。我不忍心見他從輕小說轉戰大眾文藝市場後遭遇瓶頸，所以心血來潮幫他寫了一本書，結果那本書竟然大賣。」

悅子完全沒興趣知道這些，她的肚子痛得受不了，覺得怎樣都無所謂了。她甚至沒力氣抗議，只能聽著女子自顧自地告解。

「誰知道，想要以『自己的名義出書』的念頭與日俱增，我不抱希望地投稿了新人獎，竟然留到了最終決選。只是，我原先並不知道稿子需要大修，加上貝塚先生說『我一定會讓妳得獎，妳先繼續寫下一本』，我覺得壓力很大，開始無法專心於連載中的小說……」

「……所以妳才會拚命等待救援？」

「對您真抱歉，我本來是希望貝塚先生發現的。」

「那個臭傢伙肯定沒發現……」

悅子沒資格評斷這對情侶今後該如何走下去。看到她身穿如此寒酸的衣服，只能日復一日地活在不見天日的陰影中，悅子不禁好奇起她的動機問道：

「是什麼驅使您這麼做的？您欣賞他哪一點？」

飯山不假思索地回答：

「臉。」

悅子心想：哦哦夥伴！然而對方語帶熱情地繼續說：

「還有那股夢幻、高傲的氣質吧。雖然他已經開始禿了，那股吉爾貝爾（註13）的氣質依然沒變。我以前曾經用『飯山理沙』為筆名，撰寫以木一為創作雛型的女王受原創同人小說，在同人活動上販賣本子。他是我畢生追求的理想小受。我不想當仙杜瑞拉，我只要當他的僕人就好。待在他身邊，就是我的幸福。我們怎麼可以結婚呢？吉爾貝爾是不會和任何人結婚的。」

嗯？聽不懂她在說什麼……我們算是夥伴嗎……？

都怪生理期突然來攪局，害悅子諸事不順，已經開始自暴自棄了。是永見她一回到別墅馬上像個毒癮發作的病患、狂吞下止痛藥，總算察覺：「妳是不是身體不舒服？」

「對不起，我一直說不出口，我肚子好痛喔。」

悅子放棄掙扎地說。

「原來如此，抱歉，我沒發現，害妳逞強了。」

兩人和稍早一樣，並肩坐在寬廣的沙發上休息。靜待疼痛過去後，是永小心翼翼地伸手摟住她的肩膀。

「河野，謝謝妳。」

「……為什麼是你要和我道謝？」

「嗯，該怎麼說，很高興妳來景凡社工作和我相遇。」

……完全搞不懂！不，那種心情大概就像某些日本流行樂的歌詞吧，「謝謝你誕生到這個世界」！可是，為什麼挑這個時機說呢？

「妳以後就用剛剛那種說話方式和我講話吧。可能妳面對的是作家，就不會顧慮太多吧。可是，我希望妳用那種方式和我說話，因為，我最喜歡不論面對誰都敢暢所欲言的河野了。」

「我可是在女子大學的分組合宿整夜通宵聚賭玩花牌的人喔，你聽到時不是嚇到了嗎？」

「是有一點點嚇到啦，不過我想絕大部分的女孩子都是那樣吧。」

註13：日本知名少女漫畫家竹宮惠子筆下的耽美漫畫始祖《風與木之詩》中，奠定「少年愛」的代表性角色。

不不，我可沒聽說學校有其他小組幹這種事——悅子正要回答，數秒前是永說的「我最喜歡河野」突然像迴力鏢般轉了回來，敲中悅子的額頭中心（比喻法）。

「咦！喜歡？」

「嗯，喜歡，我最喜歡妳了。」

是永更加用力地擁住她的肩膀。悅子忍著下腹部的悶痛，躺靠在他的胸膛，心裡想著：也就是說，他願意接受我私底下最真實的一面嘍？最真實的我是什麼樣子呢？見悅子靜靜地沒說話，是永開始慢慢道出心聲：

「我現在每個工作都做得不是很好，雖然以作家的身分出了五本書，但那些書完全不賣，光靠當作家的收入無法維生，所以不得不繼續兼作模特兒。不過，我不討厭當模特兒，只是這份工作一樣收入不穩定，所以我也無法辭掉可以立刻領到錢的咖啡廳打工。我已經超過二十五歲了，必須認真思考未來的出路才行，最近真的很煩惱。」

「原來是這樣。」

「我本來一直在想，像森林那種成功的作家會是怎樣的人，因為好奇才答應了邀約。但是，假設妳的推理正確，那個人其實沒有成功。」

「不不，沒到推理那麼厲害，我只是在校對時偶然發現隱藏在當中的訊息罷了。不過，如果這樣能讓你輕鬆一點，我也很高興。」

悅子輕輕把手放在他單薄的胸膛，感受著隨呼吸微微起伏的骨頭與當中的心跳。啊，他是活生生的人吶——如此理所當然的事，卻令悅子有感而發。同時，她也綻放笑容。

「有任何心事都別悶在心裡，儘管告訴我吧。你的事情我都想知道。」

「那麼，請妳叫我幸人，這才是我的本名。」

幸人——悅子出聲呼喚。悅子——是永的唇形如是說。就在這時，口袋裡的手機傳來振動，悅子掏出半截電話一看，顯示的似乎是貝塚的電話號碼，於是她又把手機塞回去。放在肩部的手摸摸她的頭，接著輕觸臉頰。指尖的觸感令悅子舒服得瞇起眼睛，接著他們在今天二度親吻。她不像上次那樣混亂了。她想進入是永的心靈深處，想了解更多的他。

……對了，飯山說的「女王受」是什麼意思呢？晚點來查查吧。

第三話
某天早上突如其來的人事異動
前篇

悅子的研習筆記
其之十五

【圖說】說明對象物的文字列，如照片下方的小字。也有「大標」之意，不過雜誌或書籍更常用「文案」來稱呼它。

【文摘】在文章的標題後放出一百字左右的試閱內容，作為整篇文章的引文。

【正文】如字面所述。下一頁開始的新篇章也是「正文」喔。

各位知道現今出版社從招募新人、選出及格的內定者，到最後正式進入公司，大概是多少人嗎？以知名的大公司為例，去年明壇社一共十七位、燐朝社三位、冬蟲夏草社兩位；以河野悅子任職的景凡社為例，她剛進公司那一年還有六位新人，直到去年只剩下三人，少則一至零人都有可能。若將範圍縮小至「不熟悉出版業的一般大眾叫得出名字的出版社」，全部的新進員工加起來，甚至不到一百人。

人力如此精簡，卻要製作這麼多的出版物，這樣真的沒問題嗎？這是不了解社會現況的人常有的疑問，事實上出版社也時常中途錄取從其他產業跳槽的人。除此之外，外聘、外包和產業分工也是常見的做法。

我們先把出版社放一邊，來談談其他產業吧。以大型核心局（註14）的「帝國電視台」的某綜藝節目來舉例，當中只有執行製作人和協助主持工作的年輕女主播是帝國電視台的正式員工，其餘在製作人之下的五十個製作小組成員全屬於外聘，就連節目本身都是由所謂的「製作公司」向電視台提企劃、通過之後才開始拍攝錄影。即便是由電視台主導

註14：日本商業無線電視業界用語，泛指位於首都圈的電視台。

的電視節目，小組成員也可能全是派遣人員。不僅如此，製作公司也會利用短期約聘來徵人。攝影師、導播等專業技術人員多為自由接案，有需求時可向他們的經紀公司聯繫洽詢。

聽說ＩＴ產業在分工上的複雜程度完全不亞於電視台，外包廠商還有自己的下游廠商、下下游廠商，甚至下下下游廠商，組成方式簡直就是座金字塔。悅子曾經校對過一本無限接近現實的ＩＴ產業小說，內容提及某大型供應商以月薪兩百萬日圓募集人才，主角最後卻以月薪三十萬日圓的低薪接下專案，因為中間被七家廠商剝了七層皮。主角名義上是那家公司的專案負責人，卻沒有自己的名片。這實在太黑白來（胡來的意思／栃木方言）了——悅子感到憤憤不平，實際調查後才發現，這是過去常見的真實案例。

站在出版這個狹小業界頂端的，就是「大型出版社」了。前面提到的「大型核心局」和「大型供應商」，就相當於出版社當中的「綜合編輯公司」，這裡簡稱「綜編」，而不稱「製作公司」。大型綜合編輯公司承包了出版企劃、取材、攝影、校對等多項業務，這時出版社只需出錢和出一張嘴。其他還有專門負責取材和撰寫原稿的綜編，或是只負責校對、校正的綜編。

景凡社也和這些出版社一樣，善用了綜編與自由接案者等人力資源。以悅子現在負責校對的《週刊K-bon》為例，公司內部的編輯人力僅有二十人，但簽約合作的記者、寫手、攝影師等加起來超過兩百人之多。女性時尚雜誌也一樣，編輯部內僅有寥寥數人，每一本雜誌平均卻有大約二十名寫手參與日常業務往來。若是連教育實習的大學生也算進去，《C.C》大約四十人左右。沒有這些外部人力的參與，書籍雜誌就無法孕育而生——請各位在了解上述事實的前提下，繼續閱讀故事。

五月下旬，公司頒布了臨時調職令。人事異動的對象共三名，悅子以不敢置信的心情，呆望著社內布告欄上貼的人事調職令。

記

六月一日頒布以下調職令

河野悅子　原任職單位：校對部　新任職單位：Lassy noces編輯部

悅子大約盯著看了二十秒之久。她深怕一個眨眼就會從夢中醒來，所以好半晌都不敢眨眼睛。

《Lassy noces》是悅子憧憬的《Lassy》所推出的結婚主題季刊增刊號。這本季刊去年才創刊，目前出了三本，預計下週推出第四本，總編是《Every》的副總編楠城和子，一共是五人編制，悅子就只知道這麼多了。她作夢也沒想到未婚的自己會被調到《noces》編輯部。

即使眨了眼睛，公告依然沒消失。悅子覺得一切都好不真實，只是茫然地心想：我……總算實現夢想了……

「恭喜啊，歡迎隨時回來校對部唷。」

一進辦公室米岡便說。誰要回來啊——悅子吞下這句話。對她來說，要離開這個部門，心中多少有點——真的只有一點點，大概一毫米的寂寞吧。這時，不遠處傳來杏鮑菇的聲音：

「可以的話我真不想放人走~我希望妳繼續留在我們部門。」

「呃，你這是主管施壓還是性騷擾呀？你喜歡我嗎？我只感覺到騷擾喔。」

「哇咧，寬鬆世代超難搞的。」

「你以為我就想出生在寬鬆世代嗎！還有拜託你，五十幾歲的大叔了，不要再用『超』，聽得我耳朵都痛了！」

啊，像這樣打打鬧鬧的日子沒剩幾天了，好寂寞啊——感傷歸感傷，不一會兒她心中就被即將調去圍繞著《Lassy》光環的雜誌的喜悅所占滿，使她一整天都眉開眼笑。

幾天後，六月一日來臨，悅子正式轉入《Lassy noces》編輯部。《Lassy noces》編輯部不在女性雜誌編輯部集中的樓層，而是位在上一層的實用書、藝術類相關編輯部集中的樓層，人數雖少，使用空間還挺大的。

「請各位多多指教！」

月初似乎是他們的定時出勤日，五位編輯與兩位長期工讀生全都準時在九點進入公司，悅子向眾人深深鞠躬問好。她緊張得心臟彷彿要跳出來，感覺就算去見心儀的偶像也沒這麼緊張。

「以後就請綿貫負責教妳了。」楠城總編說。

姓綿貫的女子目測約四十歲，她朝著悅子輕輕點頭微笑，和藹可親的臉，彷彿後面有光芒射來。

「河野，與其說妳像時尚雜誌編輯，不如說，妳更像時尚雜誌本身呢。」

朝會結束後，悅子跟著綿貫來到編輯部內部用來堆放借來的洋裝配件、偶爾也用來調整穿搭的「小倉庫」內聆聽說明時，對方說了這麼一句話。這是悅子第一天來新部門上班，事前當然特別用心準備，換上藍色系的單色套裝，將自己打扮成精明幹練的女強人一決勝負，結果卻換來對方不知是褒是貶的評價，但她只是笑笑。

「聽說妳曾經向登紀子人師提出建言？那件事在我們編輯部也喧騰一時喲，大家都說來了一個有膽識的新人呢。」

這顯然不是讚美，而是下馬威。悅子緊張得腋下狂冒汗。

「關於那件事，我後來認真地反省過了。」

「是嗎？那也算是光榮的負傷呀。」

悅子知道這句話的意思，卻不明白為何會出現在這裡。綿貫見她一陣發呆，用不可思議的表情問：「哎呀，妳沒在聽？」悅子點頭後，她才開始道出這次人事異動的來龍去脈。

來到每盤小菜只要兩百九十日圓的居酒屋裡，悅子面向森尾和今井趴在桌上，這是她與森尾在輕井澤見面後相隔一個月的聚餐。兩個星期前，悅子才碰巧與藤岩單獨吃過飯，她收下了賞味期限過期的輕井澤禮盒，還提到自己因為結婚的問題和「小春春」大吵一架（差點忘記那天藤岩也在輕井澤）。今井則是不知何時和加奈子混熟了，每隔兩星期就會跑來悅子家吃鯛魚燒，所以悅子和今井在公司外還有碰面，和森尾是真的很久沒有小聚了。

「我討厭『撐下去就是贏家』這種說法，不過我想妳只要死撐活撐，應該還是能留下來吧，不要那麼沮喪嘛。」

「我想在印度舉辦婚禮，請上百個寶萊塢舞者來婚宴上跳舞，妳覺得國外結婚特輯會介紹到印度嗎？」

「別想了！《noces》是針對高雅的成熟女子所創的結婚情報誌，印度？門兒都沒有！」

綿貫說，悅子只是臨時調來頂替用的。有一位固定配合的外發寫手請了產假和育嬰假，大約一年無法工作。總編楠城找認識多年的Fraeulein登紀子商量對策，而她推薦了悅子。

——你們公司的校對部裡，有個很有膽識的年輕女孩喲。

登紀子如此說道，並將悅子寫給她的信拿給楠城看。於是楠城前往人事部打聽悅子這個人，得知她每隔半年就申請一次轉調，野心勃勃地想加入《Lassy》部門。既然如此，就試用一下吧——整件事就是這樣來的。

「請節哀嘍～」今井噘嘴說道，悅子抬起脖子苦笑地望著她。森尾看著她們一搭一唱，一會兒後才忽然想起什麼似地說：

「啊，對了，我開始和伊藤交往了。」

「……誰是伊藤？是某場聯誼認識的嗎？」

「嗯，伊藤的確是常見姓氏，但這個不是在聯誼認識的，我說的是公司的新人伊藤啦。」

悅子努力回想這個名字，忍不住驚呼道：

「……穿愛馬仕Izmir系列涼鞋那一位？」

「不曉得曼尼什・阿若拉（註15）接不接婚紗設計的案子喔？」

「今井，妳先安靜一下！不會吧？你們在輕井澤聊開之後，就這樣順勢交往了？」

「是呀，就是這樣。」

不──會──吧！悅子被這超展開嚇得用手掌拍自己的額頭。他們當時看起來的確氣氛不錯，但她以為頂多只是交個朋友，誰知道他們竟然在一起了！

「伊藤是那個很像不丹國王的人對吧？我們櫃台都管他叫『三十五歲的新進員工』。」

今井在旁邊用智慧型手機搜尋「曼尼什・阿若拉　婚紗」。不可能會有的啦──悅子在心中吐嘈。

「以前好像有部醫療連續劇還是校園連續劇是叫那個名字，不過他才二十三歲，應該不……」

森尾本來想替他說點好話，想了想竟笑出來說「有像耶」。

「悅子妳呢？妳和爆炸頭怎麼樣了？有沒有把床單弄得腥風血雨啊？」

「才沒有咧！他向我告白了，但我們沒有更進一步幹嘛！」

「你們是國中生嗎？不，就連現在的國中生，戀愛學分都修得比妳好喔。」

「煩欸，我不是來跟妳們講這些的！請更加認真地關心我的未來Amiche（註16）！」

「Si dovrebbe pensare a mio matrimonio!（想想我的婚禮）」

「咦？什麼東西？」

稍微把時間倒帶。景凡社的時尚雜誌編輯，基本上不出外景工作。當然，他們需要落版，會在桌上進行編輯作業，然而落版到編務之間的種種雜項，並非社內編輯的工作範疇。當一個企劃通過之後，該企劃的責任編輯得自行尋找符合企劃精神的自由文字工作者和服裝造型師、安排模特兒進棚攝影等等，編輯只在攝影和取材現場進行監督。實在忙不過來的時候，企劃單位會將這些工作全數外包給綜合編輯公司，不過凡事都有例外。

——在我們編輯部裡，這些工作全由編輯一手包辦。啊，只有攝影方面和出國拍攝外景時會請專人處理，實地取材和文字報導都是由編輯來做喔，服裝造型也是我們在弄。

悅子聽完這些說明，著實吃了一驚。對她來說，能多接觸有關最愛的時尚雜誌的一切當然好，問題是，她們只有五人編制，這樣時間真的夠用嗎？就連工作人員超過四十人的

註15：Manish Arora，印度孟買出身的知名服裝設計師，作品帶有強烈的民俗風格。
註16：義大利文的「好朋友」之意。

《C.C》每逢截稿日，森尾整個人都像是被抽乾了似的。

——下一季的時裝照片剛好來了幾組，河野，交給妳搭配，大概需要二十組不同的穿搭法。

綿貫搬來成捆照片，「磅！」一地放在悅子的桌上，裡面有從各大高級時裝店的展示會場拍來的照片、廠商寄來的照片，還有各種新款目錄。

我表現的時候到了！悅子精神一振，體溫升高。沒錯，這正是我展現實力的好機會，我要加油！我才不想一年之後落寞地回到校對部！想歸想，悅子越看照片，越是如陷五里霧中。每套禮服……都是白色的。女鞋……也是白色的。頭紗……真的好白啊。頭飾……不是白就是銀。捧花……不認得花種。戒指……不是鑽戒就是白金。總覺得怎麼搭配都行，卻又好像都不行，悅子感到困惑不已。即使如此，她還是花了兩小時，想出二十種搭配法，上呈給綿貫確認。

——嗯，不錯喔，妳的品味果真不賴。

聽到綿貫的讚美，悅子在心中握拳叫好。看吧！我辦得到！然而下一秒，她的自信心一口氣萎縮。

——那麼，請為這些搭配加上全部七十字的圖說吧。要讓新娘們覺得「好想穿！」記得要把禮服的特徵加進去喔。比方說，這件的公主線（Princess Line）很可愛，穿起來像童話故事裡的公主、這件的長襬看起來很像紅毯對吧？想舉辦什麼樣的婚禮、想成為哪一種新娘，每位女孩兒都各自懷抱著夢想，甚至有人只想穿「某某高級服飾店展示過的禮服！」所以遇到知名品牌，妳得不著痕跡地把品牌名稱加進去喲。

——我、辦、不、到！

不論悅子再怎麼膽大包天，這句話也說不出口。她謹慎地回覆「我明白了」，接著呆坐在電腦前，手放在鍵盤上。手腕到手指彷彿打了石膏，坐了老半天，一個字都擠不出來。這也難怪。悅子至今雖然讀過各式各樣的文章，自己卻不曾實際去寫，也沒有想寫的念頭。

「女性化又充滿feminine的……」

好不容易擠出文案，悅子驚覺女性化和feminine語意重複，趕緊狂按倒退鍵。

「off body的silhouette加上airy的chiffon和tulle……」

……外來語太多了。

「挑逗少女心又girly的……」

這句的少女心和girly再次語意重複。說起來，針對成熟高雅的女子推出的結婚情報誌，到底適不適合出現「少女心」或「girly」這類單字呢？

結果，她光是幫一組搭配加上文案就花了三十分鐘。一個小時過去了，綿貫來確認進度，見她才寫完兩句圖說，不禁搖頭嘆息。

——連工讀生的速度都比妳快。還有，妳的用詞太生硬了。妳應該讀過前面的季刊吧？我們雜誌全部統一使用尊敬語喔，妳連這都沒發現？

綿貫的斥責令悅子良久無語。沒錯，經她這麼一說，《Lassy noces》的文字風格的確都是柔和的尊敬語。悅子好歹也是校對部起家，居然犯了這種基本錯誤。

——……抱歉，我太高興能調來做女性雜誌，有點得意忘形了。

——聽說妳是我們家時尚雜誌的忠實讀者？到底都看到哪裡去啦？

「嗚哇，好兇喔——不愧是綿貫，還是一樣恐怖耶。」

森尾故意比出發抖的動作仰望上空。

「妳聽過她的事跡？」

「當然呀～我還在當讀者模特兒的時候，她就待在《E.L. Teen》編輯部了，當時才二十幾歲就坐鎮編輯台。這個人與生俱來就是當女性雜誌編輯的料，新人們都很怕她呢。」

「是喔……我被那張觀音臉騙了……總之就是因為這樣，我完全沒吃午餐。」

「午餐時間沒吃午餐，對時尚雜誌編輯來說是常態喔。」

今井似乎厭倦了這個話題，盯著菜單呼喚店員，點了鯷魚乾和沙丁脂眼鯡乾。大小姐出身的她，恐怕不知道那是什麼食物吧。鯷魚乾送來時，她不禁嚷嚷：「這什麼東西呀，根本是紙片嘛！」

「噯，要怎麼培養文字報導能力呢？森尾也有在寫對吧？」

「嗯──我到現在還是不上手……不過，妳今後應該還會遇到更多難題，那些都比撰文還痛苦喔……」

森尾面露五味雜陳的表情，語重心長地說。她說的對，今天才第一天，悅子就遭遇了撞牆期。想到接下來還有重重難關要過，悅子不由得用力嘆氣。

悅子從來沒有思考過結婚這件事，她必須從頭開始打好基礎。一般的情侶會在訂婚後的一年左右舉行結婚典禮，因此，《Lassy noces》目前出版過的四本季刊都是由不同特輯所組成，只要連續購讀一年，就能習得所有相關知識。當然，每期雜誌裡都會介紹婚紗禮服、婚宴場地和訂婚戒指，並附上從訂婚到結婚的時程表，每期附錄也不忘介紹「Monsieur noces」，只是每一本所針對的項目比重略有不同。

例如本月發行的季刊，就是著重於婚宴場地。接著，楠城在臨時召開的會議上，對著小組成員們宣布：

「下一期終於輪到戒指了。感謝業務部談成許多廣告，禮服的版面依然充實，商業合作的國外外景也有著落。以防萬一我先確認一下，河野，妳有護照嗎？」

「有的。」

「這次說不定得請妳到倫敦跟拍，請先確定護照有沒有過期。」

這不是她憧憬已久的「出國跟拍」嗎？悅子感到熱血沸騰。像森尾時不時就會去國外出差，悅子每次都裝作一副不屑的樣子，其實心裡羨慕得要死。沒想到一換組別，「出國跟拍」就變成這麼理所當然的事。

在悅子調來之前，他們就開過編輯會議，決定好下期的企劃大綱。悅子接過摘要，正要確認內容時，會議室響起兩次敲門聲，對方接著推門而入。

「啊……」

悅子發出輕嘆，旁邊的綿貫微微瞪了她一眼。進來的人是《Lassy》本刊的總編——榊原仁衣奈。她身穿明明沒有風裙襬卻會輕輕飄揚的GUCCI當季洋裝，與令人擔心地板要是有洞該怎麼辦、彷彿一折就斷的魯布托款（Christian Louboutin）細跟高跟鞋，一股濃郁的香水味頓時充斥整個房間。那個遠在天邊的人，如今近在眼前，還能嗅聞到她的味道，悅子簡直興奮到全身的毛細孔都要張開了。

「榊原，我們正在開會。」

「所以我才要進來呀。聽說你們的下一個外景地是倫敦？這樣和我們的廠商重複了呢。楠城，能不能請妳更換地點？」

「沒辦法呢，最近是航空公司辦活動飛倫敦的旺季，不只我們家去倫敦，市面上每一本女性雜誌都是去倫敦拍，事到如今已經來不及更改，妳這是明知故問？」

「我就是知道才來拜託妳呀，知不知道什麼叫做隨機應變？」

編輯部內彷彿能聽見空氣結凍的聲響。以前森尾曾經說過，《C.C》尚稱和平，但年齡層越高的雜誌越猛。就在剛剛，悅子親眼目睹了什麼叫「猛」，嚇到大氣都不敢吭一聲。

楠城和榊原兩人互不相讓。兩分鐘後，榊原離開編輯部。悅子由於太過緊張，已經不記得這兩分鐘內發生了什麼事。張開的毛細孔猶如吐沙失敗的蛤蜊，又闔了起來。

兩天後的星期日，綿貫帶著悅子來到帝國大飯店（Imperial Hotel）參加婚宴展示會。正確來說，他們在展示會開始前的早上八點，便跟隨攝影師進入會場。在此之前，悅子一直都是週休二日，因此對於假日也要出公差感到驚訝；但她更訝異的是綿貫和攝影師一臉毫無反應，彷彿沒意識到這是假日加班。

悅子在綿貫的引薦下，從婚宴負責人手中接過名片，上面寫著「宴會部 林牧夫」。她這才知道，原來結婚典禮也是一般俗稱的宴會。那他們的部長就叫宴會部長嘍？好歡樂喔——悅子差點笑出來，就在這時，綿貫丟來一句：

「河野，這部分的報導由妳來寫，請好好記住這裡的氣氛。」

悅子嚇得挺直背脊。宴會部的林先生笑臉迎人地鞠躬道「請多多指教」，接著從主桌（新郎新娘的座位）開始繞行會場一周，介紹此次展示會的主要特色。悅子深怕忙著做筆記反而會記不住，所以只能賭賭看自己的腦力了。攝影師拍攝完會場的照片，請綿貫和林用平板電腦檢查、確認雙方都沒有疑慮後，繼續前往服裝展示間拍照。

「哇……」

悅子不禁發出感嘆。幾天前她才看婚紗禮服的照片看到想吐，如今親眼看到穿在假人模特兒身上的禮服，頓時眼前一亮。那是一套立領胸前挖空設計的A字裙禮服，變幻出極光色彩的亮麗小串珠與亮片點綴出一片花海，美得令人彷彿置身仙境。

「很美呢，希望媒體那邊能有相同的反應。」

林站在後面，用宛如初見長孫的眼神看著悅子。

「因為，它真的很漂亮嘛，立領胸前挖空設計並不常見。」

「謝謝您的讚美，那些串珠全是由國內的工廠手工縫製的。」

這裡一共有五尊假人模特兒，每一套禮服都是耗費手藝、工時與金錢製成，帝國大飯店的服裝展示間果真名不虛傳，租借費隨隨便便都是三十五萬日圓起跳。沒辦法，看這細緻的手工和材質，光清潔費應該就超過五萬日圓吧。

由於還有其他媒體來訪，他們沒有太多時間取材。攝影師也有其他行程要跑，離開飯店後便分道揚鑣。悅子和綿貫利用時間去附近的咖啡廳吃早餐，她們接下來還要去另外兩個場地參加婚宴展示會。

「聽說校對部週末不用上班？」

悅子調來以後，這是綿貫第一次詢問她之前的職務內容。

「是的，我們偶爾會去國家圖書館查資料，但幾乎不用加班。離開辦公室也頂多是去公司內部的資料室查資料。」

悅子比想像中還緊張，一口氣灌下半杯送來的冰茶。

「我實在難以想像在同一棟公司裡，竟然存在著那樣的部門呢。」

「這不奇怪，公司裡的人也都不知道校對部在幹什麼。」

「沒想到公司裡真的有這些人呢，平時太沒有存在感了。原來不是只有我們在支撐著公司的營運啊。」

悅子完全聽不懂她想表達什麼，只是默默歪頭。剛好早餐上桌，這段對話得以就此打住。

「剛剛帝國大飯店的林先生真的是一位很nice的人，連對我們這種新媒體都招呼親切，不會大小眼。不過其他地方可就不一定嘍，請妳多注意，別把感受都寫在臉上。」

「……我會小心。」

悅子咀嚼著索然無味的沙拉，心裡想著該如何和綿貫把話說開。她進來的情況比較特殊，沒有舉辦迎新會，一切都如往常一般，只是換了個部門上班罷了。同部門的人有沒有接納自己也無從判斷，感覺好像只是把她當成「編輯部的一員」。這在公司裡是常態嗎？是溫度宛如三十九度浴池的校對部太奇怪了？悅子感到一頭霧水。

綿貫似乎看穿她的心事，停下用餐的手問道：「怎麼了？」

「沒事，我還在適應新環境，有時會不知道該怎麼應對。」

「不知道就自己去想、自己去查。」

「是。」

「如果沒有時間想，那就直接問人吧。我們做的是季刊，進度已經很鬆了。妳想去的是本刊吧？」

「……是。」

「那裡才是真正的戰場喔，妳根本不會有時間想，只能依靠反射動作來回應。如果妳是認真想去那裡，那就先在《noces》打好基礎，能學的盡量多學一點。不懂得求生之道，去那裡穩死。那裡真的是戰場。」

悅子將這番話謹記在心，接著突然想起一件事。

「對了，您曾經待過《Lassy》編輯部吧？但森尾說……啊，森尾是我的同梯。」

「我知道，森森對吧？當時她和凱薩琳兩個人都好可愛呀，最近似乎憔悴了不少。」

綿貫意外地露出懷念的笑容。這是悅子第一次看見她發自內心地笑，心情也因此放鬆了一點。

「是的，就是她。聽她的語氣，好像您之前都是待在《E.L. Teen》編輯部似的。」

「那是進公司幾年才調過去的。我剛進來的時候，最先待的是《Lassy》編輯部喔。」

僅僅兩年，綿貫就被調離《Lassy》編輯部。

悅子也知道那個年代。當時《Lassy》是全世代女性月刊當中發行量居冠、廣告費用最高的雜誌。即使後來受到經濟不景氣影響，許多雜誌開始接連休刊，《Lassy》仍是最與「休刊」、「停刊」這些詞無緣的雜誌。

「不夠完美的人，在那裡活不下去。必須要像是榊原那種人才行。」

「……」

綿貫說了，「不知道就自己去想、自己去查」。但也有問人比較快，或是非查不可的時候。悅子決定豁出去問：

「請問，榊原總編和楠城總編之間，有過什麼恩恩怨怨？」

「恩恩怨怨！我好久沒聽到這個說法了！下次借我用用吧！」

不知為何，綿貫突然發出大爆笑，那感覺不像嘲笑或失笑，而是單純覺得愉快。我果然不擅長和這個人相處——悅子抱頭。

悅子在傍晚時分回到家裡——正確來說，她一走進商店街、在十公尺外看到自家店門，頭就不禁痛了起來。加奈子站在門口，烤著鯛魚燒。

「加奈子……妳今天先回去好嗎……」悅子隔著日式門簾說。

加奈子抬起頭，隨便搭理道「妳回來啦」。

「咦——可是賽西爾正要過來呢，說是和男朋友吵架了。」

「誰是賽西爾？」

「你們公司的今井呀。」

「妳們什麼時候混熟的？要玩妳們自己去玩，我要工作。」

「妳可以去咖啡廳工作啊？」

加奈子口中的「咖啡廳」，是整條商店街裡唯一的一家連鎖店。這裡的醬菜店與和菓子店多到誇張的地步，咖啡廳卻僅此一家。

「妳覺得我在充滿老人抱怨媳婦、稱讚孫子、聊自己生了什麼疾病的地方，寫得出帝國大飯店的婚宴報導嗎？還有，這裡可是我家耶？」

「沒問題，小悅只要肯努力，沒有什麼事情是辦不到的！」

「沒錯沒錯，小悅只要肯努力，沒有什麼事情是辦不到的！」

忽然加入其他人的聲音，悅子回頭一看，今井已經到了。她的笑容依舊是那麼地甜美可愛。大概是累了的關係，悅子似乎在她背後看見花朵盛開的幻覺。抱怨歸抱怨，悅子也莫名鬆了一口氣，覺得肩膀到腰部逐漸放鬆。

今井理所當然似地走進家門，在洗手台洗手後，於餐桌前坐下。

「新部門怎麼樣呢？」

「嗯，還不太習慣，好累喔。」

悅子也洗手漱口，坐下來回答。

「妳看起來有點無精打采呢。」

「真假——？那接下來恐怕會更加不成人形。」

「我好意外妳會這麼沒精神，我還以為妳會在那裡待得很開心呢。雖說是分家，那畢竟是妳景仰已久的雜誌組呀？」

「分家？我還地主咧。」

今井的話令她產生一種既視感……等等，這種時候可以使用「既視感」嗎？晚點來查查吧。加奈子端著剛烤好的鯛魚燒進來，在椅子上坐下。少了茶怪怪的，悅子無奈地將茶葉倒入茶壺，按下熱水壺泡茶。

「有點類似文化衝擊吧，明明待在同一家公司，做的事情卻完全不一樣。」

「這是當然的啊，像我也完全不知道妳平時在幹嘛。」

今井的臉上寫著「妳這不是廢話？」，一面大口咬下鯛魚燒。也是喔，即便待在同一棟大樓工作，大家所鎮守的崗位都各不相同。悅子原先待的部門，就像是長髮姑娘住的高塔吧。記得森尾曾經說過「校對部是與世無爭的地方」。

「出了塔就是戰場嗎……」

「我們櫃台才不是那麼嚇人的地方。」

「今井，因為妳從來不與任何人作對，當然不會結下仇家啊。今天人家對我說，《Lassy》編輯部是戰場。」

今井和加奈子聽到這段話，忍不住追問詳情。於是，悅子盡可能確實地將數小時前綿貫說的事情告訴她們。

《Lassy noces》的總編楠城與《Lassy》的總編榊原是同梯進入公司的老同事，而且還是同一所大學的畢業校友。楠城的第一志願就是進入景凡社工作，榊原則是作為第一志願的航空公司落榜才輾轉來此。她們念的是不同科系，所以直到來公司參加考試之前都不認識彼此。當時是泡沫經濟的鼎盛時期，曾以「緊身衣辣妹」的身分度過繁華青春的兩人一拍即合，一進公司感情就好得不得了，還被老一輩的男同事們戲稱為「御神酒德利（註17）」。綿貫在描述的時候，不時冒出悅子沒聽過的名詞，於是她邊聽邊偷查。

在現代人的眼裡，經歷過辣妹文化的女子個個都是強者。老一輩的人因為被媒體影響，容易看輕這些人，但其實這些辣妹們並不只是笑笑鬧鬧地享樂過活，她們透過玩樂和打工提早接觸到成年社會，很早就懂得替未來做打算。據綿貫所說，在那個泡沫經濟的年代，辣妹之間會互相競爭「男人願意為我花多少錢」，悅子認為這是相當合理的行為——用肉眼看得見的金額來衡量己身的價值。如果金額很高，未來大概可以和類似條件的男人結婚；如果金額很低，那就及早放棄嫁入豪門的夢想、尋找身邊的小幸福，或者也可從現在開始充實自己。從別人的評價當中，往往能看見自己未察覺的盲點，因此具有一定的參考價值。

悅子深感佩服，同時也把自己的想法說出來，綿貫聽過後又笑了。

——才不是妳說的那種指標呢。不過，原來還能這樣看待呀，寬鬆世代的想法真新

註17：裝入神酒供奉神明的成對酒瓶，指如影隨形、感情融洽的好朋友。

鮮。

——不然，妳們都是怎麼衡量男人的價值呢？

——看他們的車子和手錶呀。

——在東京都內需要買車嗎？地下鐵哪兒都能去，除非工作需要開車送貨，否則連車子的保養費都算進去，說不定搭計程車還比較便宜？想知道時間的話，看手機或平板電腦就好啊。

——那個年代還沒有手機呢。

——啊，對喔。

——太神奇了，原來我們代溝這麼深吶？

楠城和榊原也是如此。擁有較高身價的她們，很早便看見自己的未來。唯一不同的是，楠城決定充實自己的職業婦女資歷，榊原決定去尋找條件更好的伴侶，兩人的志願才會出現差異。

當時，景凡社在法國巴黎有合作的分公司，每隔三年會從女性時尚雜誌、男性時尚雜誌編輯部中各選出一位年輕人，派遣到巴黎進修。楠城將景凡社列為第一志願的原因，就是看上這項制度；她想去國外拓展視野，提升自己的競爭力。進公司第二年，她參加了第一次的選拔會，結果落選了。三年之後，楠城再度挑戰，而至今對此不感興趣的榊原不知為何偷偷參加了考試。最後楠城落敗，榊原被選上了。

——嗚哇～聽起來糟透了。

——感覺真的很差呀。然後啊，第三年過完後，公司和巴黎那邊中斷合作，所以最後只有榊原去過法國呢。

「想不到那兩人之間，有過這樣一段過去。」

今井聽得津津有味，嘆氣之後，感慨良深地說。

「連妳都不知道嗎？」

「我知道她們感情交惡。但這似乎是禁忌話題，我不敢隨便問人。」

的確是禁忌話題。綿貫也只從楠城口中聽過一次這件事。儘管楠城對她恨之入骨，綿貫卻不曾聽她說過榊原的壞話，因此知道這段過去的人其實並不多。綿貫之所以告訴悅子這些過往，是怕悅子跑去問本人，或是和其他人胡亂打聽消息。

「然後，這件事還有後續發展。」

悅子傾身向前，今井也露出正經的表情點點頭。接下來要說的才是重點。

三年後，榊原從巴黎的時尚雜誌學成歸國。原先她是為了和機師、職棒選手或是藝人結婚才選擇航空公司就職，落榜後靠著些微的關係來到景凡社上班，意外地走上女強人路線。善於社交的她在巴黎培養出豐富的人脈，開始向崇尚高級名牌的日本年輕女孩介紹起「只有內行人才懂」、粉領族的薪水買得起、稍微聽過就能滿足優越感的高級服裝店。在那個網路尚未盛行的年代，她在回國後任職的《Lassy》編輯部創了名為「仁衣奈的巴黎情報站」的單頁專欄。這個單元立刻受到當時對清一色介紹高級名牌的粉領族雜誌感到厭倦、追求新潮流的女性們的喜愛，成為傑出的企劃頁。若是換成「悅子的巴黎情報站」或是「登代子的巴黎情報站」，這個企劃都不會成功，只有仁衣奈夠格當巴黎的代言人。一年後，本來的單頁企劃變成了跨頁專欄；兩年後，雜誌多了由榊原仁衣奈擔任責編的附錄小冊子；三年後，以同樣概念出發的雜誌創刊了。

「那本雜誌該不會是《Vingt Neuf》吧？」

迄今聽得心不在焉的加奈子突然雙眼一亮，發出巨響站起來。求求妳不要再把地板弄破了。悅子要她冷靜地坐回去。

「加奈子，妳竟然聽過那本雜誌？它已經停刊十年以上了耶？」

「那可是少女心目中的傳說級雜誌，我還特地跑去二手書店挖寶呢，翻翻看看很有趣呀。」

沒想到眼前就藏著一個讀者，悅子大感訝異。真意外會從加奈子口中聽到「二手書店」這個單字，原來她也會逛書店啊。

「咦！原來小悅現在就是和那本雜誌的總編共事嗎？好羨慕喔！」

「加奈子，妳都沒在聽，和我共事的是楠城總編啦！」

「名字好像，害我弄混了！妳不能再說得更好懂嗎？」

「哪裡像！妳仔細聽啦！我要繼續說嘍！」

《Vingt Neuf》創刊後銷路不錯。比起一般的時尚雜誌，它又更接近針對年輕族群的生活風格、文化情報誌，這在當時是很新鮮的類型刊物，儘管銷路不及《Lassy》，《Vingt Neuf》仍培養出一票死忠讀者，每個月都有一定的發行量。

——不過呀，女性雜誌的編輯，尤其是總編級的，看男人的眼光也會越來越高。在那個年代，當總編的女性非常少見，榊原的薪水應該很高，容易使男人們裹足不前。

聽到這裡，悅子回想前幾天來到編輯部的榊原，她的左手無名指上的確沒戴戒指。還有那身打扮。不論悅子再怎麼憧憬那樣的行頭，那都不是男人會心動的外型。

——正當榊原在巴黎鼓角齊鳴，夢碎的楠城爽快結婚，嫁給了一位開業醫師。

鼓角齊鳴是什麼意思？那到底是什麼狀況？悅子思索兩秒之後，綿貫的話又重回腦海。

——……等等，開業醫師！女性雜誌編輯不是很忙嗎？怎麼有辦法和醫生結婚！

——當時楠城待在人文藝術部門，負責編製美術書和電影相關書籍的情報誌，所以還能忙裡偷閒。那位開業醫師的家族上一代是美術收藏家，她去採訪時認識了對方。

——太神了吧，好像在演青春偶像劇喔！

——就是會有這種事情發生呀。總之他們結婚了，還訂了當時日本沒進口的格拉夫（Graff）珠寶戒指、在義大利訂製了全套的婚紗禮服、環遊歐洲度蜜月、一年之後懷孕、請了合計兩年的產假和育嬰假，最後化為一個理想的幸福太太回歸職場。隔了一年，她懷了第二胎，再次休息了兩年，變成一個更加幸福的太太回歸職場。當然，兩個孩子讀的都是從幼兒園直升大學的私立完全中學。

楠城的人生離自己好遙遠——悅子聽得頭昏腦脹。她才二十五歲，認為結婚生子還是很久以後的事。這樣聽下來，楠城早在二十幾歲就經歷這些，感覺好偉大啊……

——妳認為她們兩個，誰輸誰贏？

——半斤八兩、沒有人贏。感覺她們的人生，在半途互換了。

——就是說啊。妳說那叫什麼來著？恩恩怨怨？

「恩恩怨怨」這個詞似乎不常在時尚雜誌裡看到？文藝小說裡倒是很常見——悅子暗

忖。附帶一提，它還有「宿命」、「命運重逢」等戲劇化的相似詞。不過，「恩恩怨怨」本身帶有負面的意思，如果文章裡頻繁地出現，需要花時間向作者提出替代用詞。

——《noces》是社長提議創刊的。社長對此一無所知，因為覺得「楠城是全公司最幸福的已婚婦女」才指派她當總編。我知道的就這麼多，麻煩妳千萬不要跑去問她本人喔。

——好的，我會小心。謝謝您告訴我這些。

總覺得光聽就累。悅子深呼吸、轉轉脖子。綿貫見了，想起什麼似地說：

——河野，有沒有人說過妳是怪人？

——八成有人這麼想，只是沒有當面告訴我。

——妳聽完這些故事，竟然都沒說「好好喔～」、「好羨慕～」之類的。

——我很羨慕進去後再也不用參加升學考的完全中學，真的是真心話。

——嗯，我指的不是那個。

那是指什麼呢？總之她們聊完後，又得急著趕去下一個會場。悅子一心想著「早餐錢公司會出嗎？」結果是不會。

今井以同情的眼光看著悅子。

「妳對自己沒興趣的事，還真的毫無反應呢。」

「咦，不然咧？」

「那段話有很多令人羨慕的地方啊。」

說歸說，今井並沒有指明那是什麼。結束話題以後，她們又東拉西扯了一個小時左右，今井表示「心情舒暢多了，那我走嘍」就回去了；加奈子也一副理所當然的樣子說「我肚子餓了，先走嘍」，繼她而去。她剛剛明明就吃了至少五個鯛魚燒。

照理說，悅子得回到電腦前趕她的文案，但她實在提不起勁工作，最後乾脆打電話給是永。本來擔心他可能去咖啡廳打工了，想不到電話迅速被接起。

『小悅，妳今天不用工作嗎？』

「嗯，我也以為小幸你今天要打工，原來你今天休息啊？」

悅子已經沒資格笑藤岩和她的男友互稱為「小春春」和「小梨梨」這件事了，因為她自己也是五十步笑百步。由於兩人都覺得直呼名字會害羞，最後便折衷這麼做。

「噯，小幸，今天公司一位前輩說我是怪人，我真的很奇怪嗎？具體來說，是怎麼個怪法？」

『咦！妳沒自覺？』

「……」

他八成也沒發現自己寫的小說很奇怪吧。你也沒有資格笑我嘛——悅子偷偷笑出來。

『怎麼了？我說了什麼奇怪的話嗎？』

是永連吃驚的聲音都如此悅耳——悅子想多聽一點，將話筒緊緊貼著耳朵。

「沒事。小幸，你剛剛在幹嘛呢？」

『寫小說寫到有點卡住。』

「是喔，我也有東西要趕，可是怎樣都寫不出來，到現在都還不想面對呢。」

她們今天去的三個場地皆由悅子負責撰稿。綿貫當然也會幫忙確認，但主要還是由悅子來寫。

『大卡關？』

電話那頭傳來一陣窸窣聲，呼吸聲貼得更近了，感覺他用肩膀和臉頰夾住話筒，手在摸索著什麼。

「嗯，我從進公司的考試以來就沒再碰過作文，現在總算知道作家和文字工作者有多偉大了。」

悅子也躺到榻榻米上，扭來扭去地褪下絲襪，脫到剩下一件內褲，一面回答。就在這時……

『小悅，我想妳。我們要不要見個面？』是永問道。

悅子顧不得自己只穿一條內褲，馬上彈起來。

「嗯！我也想你！啊，可是我報導還沒寫……」

『反正我們兩個都卡關，不如一起面對吧。我剛穿上衣服，現在就去妳家找妳。』

太巧了吧！我也才剛剛脫下衣服呢！呃，不對！

「我、我家不太方便招待客人，我們要不要在外頭碰面……？」

『我想看看妳住的地方。只要妳不是和男人同居，住哪都無所謂。』

當然不可能和男人同居。昨天打掃過了，棉被也曬了。即使如此，這裡還是不能見人啊，我到底該怎麼向他說明才好呢？悅子煩惱不已。

不過是永也不是普通的怪，竟然對在輕井澤向第一次見面的人口出惡言的悅子說「謝謝妳喜歡我」，或許他不會在意吧。問題是，萬一他們不小心滾上床，是永又是行為特別狂野的類型，這個家恐怕有垮掉的可能。不對，他都說是為了兩人一起面對工作才來的，應該不會變成那樣吧。看來似乎沒問題。

「好吧。你下車時打電話給我，我去接你。」

是永雀躍地說『大概三十分鐘後到』，兩人便結束通話。

接下來的發展一如預期。悅子帶著是永來到家門口——不，應該說是店門口，正要從口袋拿出鑰匙，是永抓住了她的手。

「咦？這是妳家……？這不是人家的店面嗎……？」

「沒錯，我住在這裡。這裡以前是一家鯛魚燒店。」

超帥的爆炸頭型男出現在老街裡，果然很醒目，路過的行人無不大剌剌地盯著他們，當中似乎有人竊竊私語「是不是藝人啊？」悅子只能趕緊開門，讓欲言又止的是永先進去再說。

「……這是妳老家嗎？我進去沒問題嗎？」

「不，我老家在栃木縣，這裡是我以每月六萬五千日圓租下的。」

「好便宜！東京都內竟然能租到這麼便宜的獨棟民房？」

「所以我才不想讓客人進來……」

「不不，小悅太強了，原來妳是省錢高手，我又重新愛上妳了！我之前讀過一本小說，裡面有個男人迷上了住在混合大樓頂樓鐵皮屋裡的女人，我現在總算明白那個男人的心情了！」

不，請你別把我家和鐵皮屋混為一談。是說，這個人還真不是普通的怪！

第四話 某天早上突如其來的人事異動 後篇

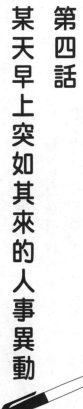

悅子的研習筆記

其之十六

【業配文】偽裝成雜誌報導的廣告，不仔細看圖說或文宣不會發現是廣告。如果文章內提到的商品全部來自於同一家廠商，是業配文的機率很高。

【純廣告】不做偽裝的廣告。品牌名稱、公司名稱和商品名稱會放在很顯眼的地方。

六月某日的星期．早晨，儘管天空灰濛濛的好似快下雨，悅子仍以舒爽的心情睜開眼，同時為屋子沒垮而放心。起床之後，她藉著薄窗簾縫隙外灑落的微光，眺望著纖纖手腕與腳探出涼被與床單之間的男人睡顏好半晌。

經過這一夜纏綿，悅子的心理陰影面積也不是蓋的。要形容的話，大概就像長期荒廢、崩塌堵塞的隧道，歷經第二次打通儀式的感覺吧。還有這棟房子。為什麼事情不是發生在美美的飯店，而是這棟做得太激烈可能會垮掉的屋子裡呢？其實悅子不是真的在意這些事，只是身為一個淑女，好像應該在意一下？

「……早安。」

不知道是不是她的視線太熱情，是永微微張開眼睛，感受到刺眼的晨光而皺眉，聲音沙啞地問早。

啊～這不是我嚮往多時的「早晨啁啾」嗎！（作品當中跳過性愛場景的細節不做描述，藉由中場歇幕、轉換場景等手法跳到早晨醒來時。這是一種暗指完事後的表現手法。早晨啁啾的「啁啾」來自晨間麻雀的叫聲。出自「niconico大百科」）

「早安，背會不會痛？墊被是不是很硬？」

「嗯……好像有點痛。」

想當然，這裡沒有床，只能在榻榻米上鋪上薄薄的墊被共枕而眠。

「早餐我只會煎荷包蛋，要吃嗎？」

「嗯。我可以再睡一下嗎？」

「好，我煎完叫你起床。」

悅子在涼被中摸索出揉成一團的內褲和T恤，穿上後正準備離開被窩，手突然被抓住。「謝謝。」語畢，是永親吻她的臉頰。

「河野，妳的臉看起來很不莊重，請注意一下。」

綿貫低聲警告，悅子心驚地抬起頭。

「咦！我脫妝了嗎？對不起！」

「不是，是妳的臉部肌肉往令人不適的方向鬆弛。」

好惡毒啊。不過悅子絲毫不為所動，她現在是幸福的女人，終於能夠領略新娘子的幸福，今天寫報導時文思泉湧。正當她忙到一半，兩名工讀生推著兩台載著大型貨物的推車回到編輯部。

「這是明天拍照要用的東西，直接放去小倉庫嗎？」

「辛苦了，那就拜託嘍。河野，妳去幫忙貼鞋底。」

貼鞋底……？悅子聽不懂，一陣發愣，兩名工讀生招手說「我教妳」。

小倉庫逐漸被掩埋，比普通衣服更占空間的婚紗禮服占據了牆邊鐵架，剩餘的空間則高高堆起了鞋盒。工讀生間宮確認盒子上的標籤後，從中取出一個鞋盒，打開蓋子。

「這雙是商品，不是樣品，鞋底還是皮製的。如果是樣品的話不用理它，如果是販賣用的商品，我們要在外拍前做好防護措施，防止鞋底和鞋子本身出現磨損。一旦商品出現損傷，廠商會叫公司買單，所以千萬小心。」

「……好。」

悅子心想「好麻煩喔」，實際做起來也真的很麻煩。只見間宮以熟練的動作將羊毛氈裁切成鞋底的形狀，在不好拿捏的邊緣處黏上細的保護膠帶固定，悅子有樣學樣，結果卻被唸：

「膠帶黏太上面會被看到。有皮的地方也不能黏，鞋底掉色怎麼辦。」

間宮嚴厲地督促著。大概是見悅子表現得意興闌珊，他又說：

「這是每一本雜誌的必經過程，不過只有《noces》會讓新人以外的正式員工負責打雜。」

「……」

時尚雜誌編輯的工作，好像跟我想的不太一樣？

幾天後，悅子第一次前往「跟拍」。這是綿貫負責的企劃。拜天氣良好之賜，外拍也能順利進行。一行人清晨五點在公司集合，天色未明，模特兒、編輯、造型師、髮妝師、合作廠商的行銷專員和廣告代理商的業務便坐上外景車，浩浩蕩蕩地前往神奈川縣沿海的海灘小屋攝影棚兼餐廳進行拍攝。這是一家頗受歡迎的新興攝影棚，他們打算以大海為背景拍攝在沙灘結婚的情境照，由於一共要換五套裝，小配件又多，他們一共出動了三台外景車。

一行人在六點半前抵達攝影棚，悅子與外景車的司機一起布置攝影棚。她在沙灘鋪上白色長布，做出類似紅毯的走道，並在不顯眼的地方固定；接著從攝影棚搬來桌子、綴上花飾，在海邊搭上裝飾用的十字架當作背景，完成後向綿貫報告。同一時間，髮妝師與造型師在攝影棚內為不同的模特兒上妝打扮。直到這一刻，悅子才第一次湧現「我在時尚雜誌工作」的真實感。

「辛苦妳了。」

綿貫難得丟來一句慰勞，悅子卻忙著透過鏡子偷看梳妝台前的模特兒而錯過了。她的注意力全放在時程表上，以致於忘了確認企劃書的細項。今天主要請來的模特兒是西園寺律子，她是悅子從前最愛的《Lassy》專屬模特兒西園寺直子相差十歲的妹妹。綿貫見悅子瞠目結舌，追問道：

「怎麼了？」

「沒有啦，我以前是西園寺直子的小粉絲。」

「我還以為妳的世代，直子已經從雜誌畢業了呢。」

「我從高中的時候就在看了。她長得好美，好像她姊姊喔。」

悅子自以為音量很小，綿貫卻還是伸手摀住她的嘴。

「不要在她本人面前提起這件事，她們姊妹感情交惡。」綿貫對她咬耳朵。

騙人的吧？悅子邊點頭邊在內心大叫。從她在部落格的言談，感覺和年紀相差甚遠的妹妹感情很好啊。

待律子和負責扮演新郎的模特兒梳妝完畢後，綿貫帶領他們前往攝影。悅子跟在後頭，幫忙捧起禮服長長的下襬。攝影師已經準備完畢，他們馬上進入拍攝。每套衣服從換裝、梳妝到攝影，大約需要三十分鐘；全部五套衣服，一共要花上兩小時半。由於之後還有其他攝影隊在排隊等候使用攝影棚，因此一刻都不能拖延。

拍攝過程直到第二套衣服結束都順利進行著。攝影師發揮專業本領，使過程宛如五分鐘燙髮那般快速輕鬆。然而第三套衣服拍攝到一半，律子竟然穿著租來攝影用、市價二十六萬日圓的鞋子，突如其來地奔向沙灘，還對愣住的新郎模特兒李奧納多與工作人員們大叫：

「這套衣服動起來拍才漂亮！嗳，攝影師，快拍呀！」

短短一眨眼，鞋底的防護貼就掉了，鑲滿施華洛世奇水晶的船型高跟鞋埋進沙子裡，綿貫與攝影師急忙趕過去。

「小律，回來！」

「人～家～不～要～！」

客戶和代理商看得呆若木雞。幸好律子是客戶指名的模特兒，因此他們也只能摸摸鼻子認了。悅子脫下腳上的涼鞋，赤腳狂奔而去。脫鞋子是對的，她一下子便追上律子，抓住她的手臂。

「抱歉，我們已經決定好分鏡了。」

「可以臨時更改呀。」

「這是客戶的要求。」

「是他們指名找我的耶，沒關係啦。」

「怎麼會沒關係呢？妳想跑步，就把全身脫光光裸奔啊！妳知道這身衣服鞋子的清潔費有多嚇人嗎？」

流。

「河野悅子！」

綿貫追上來，把悅子從律子身旁拉開。悅子猛然回神，察覺自己的失言，背後冷汗直流。

「綿貫，這個人是誰？她好恐怖喔。」

「抱歉，小律，她是新人，請妳今天原諒她好不好？」

綿貫抱住律子的肩膀，哄著她回到攝影棚，悅子只能茫然眺望她們離去的背影。

在那之後，律子鬧了半小時的脾氣，外加失去拍照的興致，怎麼拍都拍不出好看的表情，導致拍攝作業拖長到一個小時。即使發生了這段插曲，綿貫依然保持著平常心監督攝影。

「這只是家常便飯，小直那時候可是比她妹妹更難搞喲。」

悅子前往道歉時，綿貫如此說道。但其實比較嚴重的問題是，《Lassy》本刊要緊接著他們使用攝影棚。

早上十點還沒到，《Lassy》的外景車便抵達攝影棚，負責人進來看見還沒清場，不敢置信地說：

「你們還沒拍完啊？不守時會造成別人的困擾。」

綿貫對此拚命道歉，對客戶也是一逕地賠罪，總算勉強趕在早上十一點多讓《Lassy

noces》的攝影隊撤場。短短幾個小時，悅子便體驗到了至今從未有過的心力交瘁。

中午十二點剛過，悅子回到公司，還來不及休息，就忙著撰寫報導。下一期是戒指特輯。猶記楠城總編公告「這次終於輪到戒指了」時，編輯部裡的人各個都面有難色，悅子總算知道原因了：要刊載的訂婚戒指和結婚戒指，各種品牌加起來，竟然就超過八百副，而且每副戒指都要加上雜誌自己的圖說。試想，一般的訂婚戒指和結婚戒指都是白金基本款，毫無特色可言，而編輯們卻要把這些沒特色的戒指硬是介紹得很有賣點，而且是八百多副，光想就頭暈啊！

念及悅子還是新人，這次只要寫八十副就好，多出來的部分由綿貫協助。只見綿貫坐在身旁，一面確認拍好的戒指照片，一面機械式地敲打鍵盤。察覺悅子閒閒沒事般地望著自己，她忍不住說：「有空盯著別人，不如多動動手，用點腦子。」

「對不──」悅子道歉到一半，編輯部的門毫無預警地打開。悅子反射性地回頭，看見榊原總編今天依舊穿著華麗到無懈可擊的衣裝，裙襬飄飄地大步闖入。如果讓悅子形容的話，感覺就像在看猛烈的子彈擊碎窗玻璃一瞬間的慢動作重播。

「喂，楠城，現在是怎樣？只因為你們拍照拖拖拉拉，就害得我們的時間被強制縮短？而且律子還說以後不接我們家case了，妳要怎麼賠我啊？」

榊原邊說邊將檔案夾甩到桌上。楠城悄聲站起，深深地彎下腰。

「十分抱歉，這件事會由我們部門出面向對方致歉，請您大人有大量。」

這件事情是我造成的，我應該要跟著道歉——悅子急忙起身，但綿貫攔住她，把她拉回座位上。

「不要說話。」

「可是……」

「扛責任是總編的工作。」

兩人小聲對話時，榊原繼續在旁邊對楠城窮追猛打：

「還有，不是我愛嫌，妳那是什麼鬼企劃？這和我們家下個月找律子和李奧納多合拍的新婚企劃有什麼兩樣？擺明了抄襲是不是啊？」

「很抱歉，是我們事前調查得不夠周全。還有，榊原總編。」

「幹嘛？」

「今天是我女兒的生日，我想早點回家。我已經道完歉了，如果妳還有很多話想說，必須占用我寶貴的時間，請妳寫信慢慢說，好嗎？」

楠城輕描淡寫的發言，使現場的氣氛降至冰點。辦公室內鴉雀無聲，只響起榊原的咂舌聲。

接下來這一週都是攝影期，悅子星期六日都得去公司加班，只能趁晚上的時間和是永電話熱線，還時常聊到一半忽然睡著。皮膚狀況越來越差，她終於明白森尾狼狽的模樣不是特例，而是常態。

「……好難熬。」

一週之後，悅子總算能在晚間八點離開公司。在大門口遇到森尾時，一股劫後餘生的感覺油然而生，她忍不住抓住森尾的手臂，來個大擁抱。

「畢竟《noces》的頁數比較多嘛……」

森尾大概察覺事情不對，帶著悅子來到絕對不會遇到同行的虎之門區的居酒屋。這一帶都是金融和IT企業，兩人可以暢所欲言，不怕聊業界八卦被有心人士聽到。

「我不討厭工作忙，這樣才能多累積經驗。只是，我好不容易才和小幸——呃，是永，我們好不容易漸入佳境，這時候卻被工作阻擋，真的好難熬喔。」

「……小幸。」

「對不起，忘了吧。」

森尾鄙視的眼神刺痛了她的厚臉皮。悅子雖然覺得自己的行為不大得體，身體卻不受控制地癱了下去，手撐桌面吃著壽司。

「還有啊，榊原總編動不動就跑來我們編輯部開炮，我覺得壓力好大喔。我看其他編輯好像都習慣了，但我就是無法用平常心面對，感覺做久了會壓力大到胃穿孔。」

「妳覺得壓力太大，因此失去了對《Lassy》的熱情？」

「不，我對《Lassy》的熱情絲毫不減，只是覺得好難熬、好受傷喔。」

最令悅子感到痛苦的，無非是她最愛的雜誌總編，和自己組別的雜誌總編水火不容這件事。

在那之後，榊原一週之內二度造訪編輯部，單方面地向楠城抱怨；楠城回個一、兩句就會放棄似地道歉，榊原又會聳肩而去。悅子把攝影棚和模特兒重複的事告訴森尾，她訝異地皺眉。

「總覺得事有蹊蹺。」

「就是說嘛，本刊和副刊的模特兒重疊，本來就是常有的事啊。」

「不，我是說順序上不對。先提報企劃的應該是《noces》才對，順序是固定的。」

「咦？」

「《noces》偶爾也會任用《C.C》的模特兒，我去確認檔期的時候，曾經遇過兩次被對方以『已經先排了《noces》的攝影工作』為由拒絕呢，明明《noces》比較晚出刊。」

悅子一時之間聽不懂森尾的話，等她發現之後，忽然感到毛骨悚然。

「妳是說……榊原總編明知道《noces》的時程和企劃，卻故意指定一樣的場地和模特兒嗎？她是存心來找碴？」

「只是假設罷了。連不需要道歉的妳壓力都這麼大，想必正面迎擊的楠城總編更頭痛吧。」

「真假？為什麼要做這種事？這樣做很好玩嗎……」

想到兩人之間根深柢固的恩恩怨怨，悅子感到一陣頭暈。

「我說，悅子啊。」

正當悅子仰望天花板發呆，森尾出聲道。

「怎麼啦？」

「我一直很想問，妳有沒有討厭過人？」

「嗯——我還滿討厭文藝編輯部的貝塚呀。」

悅子不明白她的意圖，直覺性地將腦中浮現的人名說出來。

「啊，不是那種討厭，我指的是看不順眼的女性同儕，像是綿貫呢？」

「我完全不知道她在想什麼，不過實際相處後，發現她這個人還挺有趣的，我並不討厭她喔。」

「貞操褲呢？妳們還沒熟起來之前，妳會討厭她嗎？」

「我對她無感耶，不喜歡也不討厭吧。」

「念書的時候呢？有沒有遇過那種怎樣都不想輸給對方的競爭對手？」

「不，沒有耶，為什麼這麼問？」

「啊──那我改變一下問法。妳讀的學校有沒有霸凌？妳曾經被誰欺負過嗎？」

「大概沒有吧？不過也有可能是我沒發現。」

「jesus！」森尾冒出歸國子女式的反應，和稍早的悅子一樣，仰望天花板。

「幹嘛？妳怎麼了？」

「我進公司後，一直覺得妳哪裡異於常人，如今我終於搞懂了。」

「什麼東西？在其他人看來，我果然很奇怪嗎？」

「妳對自己以外的女人沒興趣。」

「咦，有啊，我哪有那麼自我中心啦。」

「和自我中心不一樣。我也不太會說，總之啊，像妳這樣的女生，在日本人裡面很少見。」

悅子聽得一愣一愣。前幾天綿貫才問她「有沒有人說過妳是怪人？」想不到連認識兩年以上的森尾也這麼覺得。

由於森尾隔天需要早起，兩人不到十一點便在車站告別。悅子坐上返回自家車站的地鐵，透過車窗玻璃，望見彷彿老了好幾歲的自己，嚇得愕然無語。她在將近十二點時，拖著沉重的步伐回到家，加奈子竟然還在家裡。

「小悅，妳怎麼這麼晚回家！」

氣氛似乎不太對勁，坐在餐桌前的加奈子一看見她回來隨即起身，語帶責備地問。

「我和森尾去喝酒。」

「妳的手機沒電了吧！公司電話過了下班時間就打不通！小悅，令尊病倒了，令堂找不到妳，只好聯絡房屋仲介！妳快點回電！」

悅子急忙從包包中拿出智慧型手機，按下電源鈕，螢幕依然沒亮。這個家裡也沒有裝室內電話，難怪悅子的媽媽只能仰賴女兒租屋時請她當保證人的文件，打電話到加奈子任職的松岡不動產房仲公司找人。

悅子疲憊的身軀彷彿灌入沉甸甸的水泥，加倍沉重。

隔天一早，悅子搭著首班車趕往栃木。昨夜她邊充電邊和母親通話，得知父親在工作時頭痛倒下，就此陷入昏迷，如今躺在加護病房，尚未甦醒。醫生要他們做好最壞的心理準備。

本來悅子預定下週要去倫敦出差，與母親通完話後，她立刻打給綿貫。

詞。

——那麼，下週真的不能勉強妳去倫敦了。

——實在很抱歉。

——別放在心上，一定不會有事的，保重身體。

生病的不是悅子，這種時候要她「保重身體」並不適切，但她一時之間想不到替代用

悅子辦妥緊急探病手續後走進醫院。已經到的母親，一見到女兒從走廊那端走來，旋即用濃濃的鄉音唸道：「妳這腦袋有問題的不孝女。」

「對不起。」

悅子無話可回，立刻道歉。

「妳知道阿母心裡有多緊張？自己跑去東京讀大學，畢業後也不回來家裡，不知道在做什麼奇怪的工作，終年都不回家，出事了又找不到人。早知道女兒白養，阿母當初就不讓妳去東京啦。」

「對不起。」

母親難掩疲色地不停責問，而悅子只能垂著頭，一逕道歉。是說，她也沒有力氣回嘴了。她好想去倫敦，但她也很懷疑自己現在去倫敦成不成得了即戰力，正當她懵懂不安時，爸爸病倒了，讓她有了不去出差的藉口——察覺自己竟有一瞬間這麼想，悅子還真是

被自己的心聲嚇壞了。

悅子乖乖讓母親唸了二十分鐘，不知不覺到了探病時間，她終於能進入病房看看父親。套上隔離衣，戴上頭罩，悅子進入病房，看見身上插滿了管子，藉由儀器維持生命的父親，眼淚差點掉下來。平時鮮少想起父親的臉，如今親眼看見這位無疑是父親的人正徬徨在生死邊緣，少數殘存於記憶中與父親相處的「家庭記憶」，頓時如走馬燈般纏繞腦海，明明將死之人不是自己。

她想起與是永一同在輕井澤度過的時光，想起自己不曾與家人出來旅行，以及父親難得鼓起勇氣邀家人去關島玩時，自己潑冷水拒絕的情景。她並不討厭自己的爸爸，只是有點太過「習慣成自然」。

會面時間只有五分鐘，悅子離開病房、脫下隔離衣，再次向母親說聲「對不起」。吐出經年累月的不滿後，母親似乎爽快多了，只稍微碎唸了幾句（為什麼染頭髮、裙子的花色太招搖等），接著說「妳看起來有夠累」，粗暴地摸摸她的頭。

「有事情醫院會通知我們，要不先回家休息？」

「嗯。」

如果在停車場看到的是媽媽那台老舊的輕型車，悅子感動的情緒應該會一發不可收拾吧，然而眼前出現的卻是一輛閃亮如新的賓士C-Class房車。

「……妳換車了？之前不是豐田皇冠嗎？」

「為了節稅呀。現在不用幫妳繳學費，存了一點錢。」

悅子懷著複雜的心情，坐上還飄著新車氣味的車上。

悅子的老家其實還挺大的，不過在當地只是「一般大」，同樣大小的屋子在這裡隨處可見。悅子推開大門，進入家中，前往自己位於二樓的房間。即使去了東京，每當她回家時，房間總是打掃得一塵不染。這應該是理所當然的事，但事實上孩子離家後，原來的房間被當成倉庫使用的案例還不少。他們應該很希望我回家吧——悅子邊想邊在磨損嚴重的書桌前小椅子坐下，眺望窗外的景色——天空好寬廣。媽媽說要去店裡看一下，載她回家後，換騎速克達再次出門。

聽說父親得了腦中風，顏面神經麻痺沒多久便倒下了。悅子曾經為了校對一本小說調查過這種病症，不知道最近有沒有出現新的醫療法？悅子插上手機電源線，上網搜尋新的醫療資訊，連某大學醫學院的人寫的論文都找到了，卻沒查到新的進展。

牆邊的書櫃上按照編號排放著《Lassy》雜誌，悅子無所事事地隨手抽出幾本，在地上翻開其中一本。這本不是她在出刊當月買的，而是在二手書店購入的舊雜誌，封底還貼著「100日圓」的標價貼紙。

模特兒穿的衣服、表情和文字圖說，悅子都還記憶猶新，但如今她才翻開五秒便發現錯字。某件裙子「顏色恬淡」打成「顏色甜淡」；「男朋友」和「男友」、「兩個女孩的旅行」和「兩名女孩的旅行」有多處忘了統一。當年她完全沒留意到這些細節，若不是從事校對工作，她恐怕直到現在還是不會發現吧。說起來，到底誰會在意那些錯字和忘記統一的地方呢？刊登在最後一頁的讀者贈獎，悅子寄過無數次回函，卻一次也沒抽中過。雜誌後面關於其他刊物的宣傳頁面上，放著榊原擔任總編的《Vingt Neuf》廣告。

悅子再次大感新奇，沒想到那個全身上下穿名牌的榊原，會做這種「說不出特定風格」的雜誌。附帶一提，Vingt Neuf是法語「29」的意思，這裡指的不是女性的年齡，而是巴黎凱旋門的竣工日期——七月二十九日，以及巴黎的「Rue du 29 Juillet」大街。其實它鎖定的讀者年齡層遠低於二十九歲。

過了一會兒，母親回來了。

「店裡還好嗎？」

悅子下樓，來到玄關迎接她。

「沒事沒事，送貨的少年今天有來店裡幫忙。」

「送什麼貨？」

「最近我們開始送貨啦。之前有很多獨居老人死在家裡，所以我們從前陣子開始提供到府送貨服務，運送食材和生活物資給那些老人。」

結束長達十年的家庭照護，父母竟然又做起類似的工作。悅子突然一陣鼻酸，但是一走進客廳，母親又開始嘮叨起來：

「妳知道阿母馬上會回來，等的時候連茶都不會泡嗎？回來後有沒有洗手？有沒有漱口啊？看妳瘦成這樣子，有好好吃飯嗎？」

「沒有……最近吃不太下，不過我是標準體重。」

「體重歸體重，健康歸健康，反正妳在東京一定都沒有好好吃飯吧？我去準備，妳快去洗手漱口。」

「我沒有心情吃飯。」

「飯不是看心情吃的，妳高中時不是曾經減肥到昏倒嗎？阿母那時候工作到一半被學校叫去，妳真會給阿母添麻煩哪。」

做父母的是不是都認為孩子沒吃飯會餓死呢？悅子單純是現在沒那個心情吃飯。她邊嘆氣邊走向洗手台，這時背後傳來母親的怒罵：「嘆什麼氣，嘆氣會讓幸福跑掉的！」

當天深夜，醫院來電。當時悅子和母親因為失眠，一起在客廳看電視，雖然完全看不進去電視內容，但不這麼做就無法維持冷靜。好消息？壞消息？母親忐忑不安地接起話筒，對上耳朵。三秒鐘後，她尖聲說「謝謝您！」膝蓋跪到地上。

這是悅子第一次看到母親哭。根據她在家裡住到高中畢業的記憶，自己的父母並不是感情特別恩愛的夫妻。母親對父親和對悅子的態度一樣，嘴巴總是唸東唸西、抱怨連連，以前父親受不了時會大聲和她吵架，上了年紀後則選擇裝聾作啞。從他們身上，悅子感受不到一丁點男女之間的互相喜歡或者是愛。

「太好了。」

看見母親放下話筒，悅子如此說道。卻被母親哭著斥責：「說得跟妳毫無關係似的，那可是妳的阿爸捏！」

「……媽，我每次看到妳，不是在生氣就是在發牢騷。」

「妳把阿母說得真像是妖魔鬼怪。」

「原來妳還是喜歡阿爸嘛。」

母親聽了，七竅生煙地反駁道：

「沒啦！要是他現在死了，才是給我找麻煩！宅配的生意才剛變好，他若是死了，我要找誰來做事！」

就當作是這樣吧——悅子暗想，點頭說：「原來如此。」怎知就連這樣回話都惹母親不高興，火爆地說：「不要隨便看不起人，會遭天打雷劈的！」悅子曾經讀過某篇報導，內容說若父母太常對子女大呼小叫、過度干涉，孩子會失去自主思考的能力，因此變得鬱鬱寡歡。真虧我能平安長大耶——悅子挽著母親，帶她回房休息。就在這時，悅子驀地想起森尾和綿貫都說她是「怪人」。

「噯，媽，我是不是比一般人還奇怪？」

「問這幹嘛？」

「同事說我是怪人，對其他人的事情沒興趣。」

「妳管那些人愛怎麼說，不用記在心裡。」

「可是……」

悅子還想爭論，母親卻在床上坐下，握起她的手曉以大義：

「妳這個女孩，從小就不喜歡和別人用一樣的東西。那種每個人都有的玩具，阿母從來沒聽妳吵著要買，有時阿爸阿母就先買了。記得妳讀國小的時候，不是很流行一種電動玩具？妳每個朋友都有那種電動玩具，妳卻連看都懶得看捏。」

「……」

有這種事？我不記得了。是說，我連流行過什麼電動玩具都不知道——悅子默默心想，這時媽媽接著說：

「妳哦，根本不知道『競爭』兩個字怎麼寫。妳從來不跟別人比較，從小就不會說

『我考試不想輸給〇〇』或『我要比〇〇漂亮』。而且，妳也從不會說別人的壞話。妳的個性就是這樣，很值得驕傲啊。」

悅子難得想認同母親的話，但就在她快要敞開心房時，又強烈地覺得哪裡不對勁而踩了剎車。

隔天早上，他們去看了恢復意識，移到一般病房的父親。父親話還說不清楚，不過他們總算稍微說上話了。聽說只要做好復健，就不會留下後遺症。

——工作做得怎麼樣了？

悅子勉強聽出問題，回道「有認真在做啦」。

——別給人家添麻煩喔。

——我知。

等我拿到冬季獎金，我們一起去關島玩吧。

所以在那之前，阿爸要乖乖做復健，恢復健康喔。

這段話悅子在腦中反覆演練過無數遍，直到最後仍說不出口。某天，她可能會因此而後悔。不，悅子在家住了一晚，隔天早上搭著媽媽的車前往車站時，心中便已後悔萬千。

——幫我告訴阿爸，改天我們一起去關島玩。

下車的時候，悅子鼓起勇氣說出來，卻被母親潑冷水。

——不要，等阿爸好了，妳自己跟他說。

……也是。悅子回到東京時，感覺這次返鄉的路途格外漫長。正當她回到家，靜靜地打開冰箱想找點吃的放鬆身心時，某人連門也沒敲便推門而入。

「小悅，歡迎回家！妳爸爸沒事吧？」

「加奈子，妳來得正好，把妳有的所有《Vingt Neuf》雜誌都借我！」

「咦？啊，嗯。現在嗎？」

「嗯，現在。我今天公司請假。」

「那妳一起過來拿，我一個人搬不動。妳也可以在我家看啊。對了，妳爸爸沒事吧？」

悅子告訴她「不能說是沒事，但至少撿回一條命」，加奈子感同身受地為她高興。最後悅子順著邀約，來到徒步十分鐘所在的加奈子老家。那是一個由家庭主婦的媽媽與上班族的爸爸組成的小家庭，媽媽笑臉迎人地招待女兒帶來的「朋友」，目送兩人步上二樓。

「妳媽媽好和藹可親喔。」

「因為妳是外人，她平時囉唆得很。」

看來每個家都大同小異。悅子想起數小時前還和自己待在一起的母親的臉，不禁露出微笑。來到加奈子雜亂的房間後，她將每一期的《Vingt Neuf》排在一起查看，其中有幾本她應該看過，只是已經沒什麼印象了。

「妳這次又要調查什麼呢？」

「這次？難道有上次嗎？」

「妳上次不是去某位作家的家裡，調查他太太的行蹤嗎？還滿好玩的啊。」

「哦，對啊，當時可累慘了呢，不過真的很好玩。」

悅子停下翻頁的手，回憶當時的經過，同時想起貝塚的臉，再次忿忿地將視線投向雜誌。

「我上次不是說過嗎？這本雜誌的前總編啊，和我現在待的雜誌組總編互看不順眼。」

「妳說過了。」

「我想看看能不能從這裡面找出她們交惡的導火線。」

她在老家翻閱每一期《Lassy》時，剛好瞥見《Vingt Neuf》的廣告頁，發現每一期的許多企劃內容都很相似。

「找出原因之後呢？」

「我想改善職場的氣氛，否則我遲早會神經衰弱。」

「小悅，原來妳也會累積壓力！我好意外！」

悅子自己也很意外。之前就算遇到壓力，她也會馬上回嘴反擊，扳回一城，大多都是針對貝塚和藤岩。主要是因為覺得那裡不是自己的久待之處，自然就沒顧慮那麼多。但悅子現在身處一個離自己夢想很近的地方，所以不敢回嘴反擊，得罪任何一個人。

比起時尚雜誌，它其實更像文化誌，所介紹的代表人物有珍・柏金、夏綠蒂・甘絲柏、凱撒琳・丹尼芙、馮絲華・哈蒂、珍・茜寶、安娜・卡里娜等；如果想稍微走叛逆風格，可以參考瑪莉安・菲絲佛。悅子覺得這是對英國人的一種變相的歧視，不過這麼細的地方就別計較了。其他還有雅克・德米、法蘭索瓦・楚浮、尚盧・高達的電影評論、柏金與賽日的浪漫戀情（儘管悅子並不認為寫出〈垂涎〉這首曲子的人，會談什麼浪漫的戀愛）。時至今日，這些古老的話題依然為人所津津樂道。

和其他自家出版的時尚雜誌相比，《Vingt Neuf》的頁數雖然少，時尚頁面卻充滿了藝術價值，悅子確認後心想「果然如此」，整本雜誌裡都不見男性的影子，這在當時應該被視為一種新潮流而備受矚目吧。悅子注視著兩位女模排排站著的頁面，旁邊示意「好姊妹」的單字用的不是「amie」，而是「copine」，並在前方加上了「ma」。照理說，這時候應該使用「une」較為貼切。

單純弄錯嗎？還是有什麼特殊意涵？或者這本雜誌就是這樣？悅子翻過一本又一本，只能趕時間地快速翻閱。確認完每一期雜誌後，她也彷彿窺見了法國的百年歷史。榊原的組織能力果真不是蓋的。

過完週末後，悅子一踏入公司便向綿貫道歉，接著走到楠城的桌前。她的穿衣風格與榊原相反，都是一些認不出品牌但追求簡潔，一眼就能看出高質感的單品，留著俐落的短髮。她一看見悅子，立即溫柔地關切道：「令尊身體沒事吧？」

「沒事了，很抱歉給您添麻煩。」悅子深深低下頭，下定決心地說：「總編，您今天中午有空嗎？我有事情想和您聊聊，想邀您共進午餐。」

「咦？」

楠城霎時浮現錯愕又帶著一絲困擾的表情，不過她馬上切換成笑臉回道：

「好啊，沒問題，妳想吃什麼呢？」

「我常在您的部落格上看到一家店，一直想找機會去吃吃看。」

悅子也覺得在這時期提這個不太好。編輯部明天要出發去倫敦攝影，楠城雖然沒有同行，但想必現在整個編輯部都忙到人仰馬翻。

悅子利用星期六日獨自演練對策。《Lassy》和《Lassy noces》都設有總編部落格；

《Lassy》專門報導華麗的時裝秀和展覽，《Lassy noces》則以受訪過的新娘與楠城的幸福私生活為主，內容雖然南轅北轍，不過兩人私底下會去的餐廳有幾家重疊。因為是女性雜誌常介紹的名店，重疊似乎也沒什麼好奇怪的；令人在意的是，那些都不是「最近爆紅的店」，而是歷史悠久的老店，因此悅子大膽猜測，當兩人還是手帕交的時候，或許會一起去那些店吃飯。她開始好奇當中有沒有什麼規則可循，試著寫下兩人分別造訪店家的日期。

結果真給她猜中。森尾說的沒錯，每次只要楠城去完那些餐廳、上傳到部落格後沒幾天，榊原一定也會去同一家店。她原先以為攝影棚和模特兒相撞這些事，都是榊原蓄意找碴，然而這些行為已經接近跟蹤狂了。加上悅子與母親相處了兩天，深深感受到有些人就是會用「故意說惹對方生氣的話」來表達愛意。

「哪家店？」

悅子報出離公司最近的其中一家店名。

只要留意就會發現，榊原擔任總編時代的《Vingt Neuf》，大量使用了「好姊妹」等相關詞。une copine雖然是「好姊妹」的意思，但ma copine怎麼解釋都比較接近「女朋友」。難不成榊原是女同志？悅子不這麼認為。

榊原大概只是想要一個僅屬於自己的好朋友吧。悅子不是她肚裡的迴蟲，不過假如之前綿貫所說的她們在泡沫經濟時期的交情是真的，榊原應該從大學起就很喜歡與女性一爭高下，這樣的個性，恐怕很難交到什麼好姊妹吧。

直到她進入景凡社，認識了楠城，才結交了人生第一個女性好友。不，也許她從大學起就知道楠城這號人物；得知她被景凡社錄取，同時自己航空夢碎，才另求管道跟著她進來的。之所以報名巴黎外派甄選，可能也是知道楠城曾經報名才如法炮製，想跟著她一起去。但她卻忽略了一次只有一個名額這件事。

由於悅子還摸不透楠城的脾性，只能字斟句酌地慢慢道出自己所觀察到的事。楠城聽到中途便嘴巴大張，靜靜地聽著她荒誕不經的想像。

「……不會吧。」

悅子說到一個段落後，楠城伴隨著乾笑說。她的甜點義式冰淇淋已經融化。

「我說的也只是假設罷了，這樣解釋起來很合理。再說，就算雜誌出包，總編也沒必要每次都來大小聲吧，她大可以請更上面的經理做調整啊。」

「我的確是採取這種做法。」

「所以我想，她只是想要您理她而已，但完全用錯方法了。還有，您曾經和榊原去夏威夷玩過吧？」

「在她去巴黎進修以前，我們每年暑期都去呀。」

「您應該也發現了吧？自從榊原升上總編，《Lassy》的夏威夷特輯多得嚇人，每兩年就出一次附錄別冊，主題都是『與好姊妹逛夏威夷』。我想她應該很懷念與您去夏威夷玩的時光。」

「……」

悅子想起母親的絮叨。她總是觀察著女兒的一舉一動，碎碎唸個不停。但是，她卻很擅長招呼客人，對待員工也很親切，反而是面對家人時，顯得有點溝通障礙。不過，母親絕不是厭惡他們。得知父親留住一命時，她甚至放鬆到失聲痛哭，誰會為了不愛的人哭泣呢？

「那麼，妳突然告訴我這些臆測，是希望我怎麼做？」

面對楠城的提問，悅子沒有準備正確答案。她希望兩人能和好。但中間經過了二十多年的歲月，如今想修補這份情誼，或許為時已晚。悅子直到最近才深深體會到女人間的友誼與人際關係之複雜。慎選用詞地說完後，楠城露出慈祥的表情，笑著說道：

「我會先把妳的假設放在心上，看要如何對應。」

「真的嗎？」

「我也是迫於無奈啊。即使我已經習慣她那樣了，三不五時被找碴，還是會生氣嘛。」

得趕回公司了——楠城起身拿起桌上的帳單，戴在左手無名指上的基本款婚戒分外耀眼，這是擁有一切的榊原唯一想要卻得不到的東西。

——妳認為她們兩個誰輸誰贏？綿貫的問題重回腦海。悅子不懂女人間的競爭究竟要用什麼標準來衡量，以同梯進入公司的人來說，悅子很欣賞森尾這名女孩，藤岩也是越認識越喜歡；把範圍放大到同事來看的話，她也很喜歡米岡這個人，雖然不知該把他歸類到男性朋友還是女性朋友。若要談到人生成功與否，她更是壓根沒思考過。母親要她對此引以為傲，她卻懷疑這可能是致命的缺點。

回到編輯部後，其他人都忙著準備明天的倫敦行，悅子獨自默默寫著報導。

這半年來，悅子都在《Lassy noces》編輯部工作，這段期間還參與了他們與本刊合作的巴黎特輯。這回悅子也有同行，雖然只是總編的隨行打雜小妹，但總算圓了她長年以來的海外出差夢，畢竟就連美國諜報電影中的女人聽到「巴黎」都會雙眼一亮。

悅子在亞歷山大三世橋瞇眼眺望盛裝打扮的榊原與楠城，看見她們宛如女學生般笑著跟拍攝影，模樣閃閃發光。悅子忍不住心想：二十五年後，我也能變成那麼耀眼的女人嗎？

「河野妹～！歡迎回來～！半年不見，人家好寂寞唷～！」

「……我回來了……」

十二月一日，天氣晴，室外溫度十度。悅子抱著瓦楞紙箱，拖著彷彿牛被蛞蝓妖怪附身的腳步前往校對部，米岡馬上用懷念的態度給她一個大大的擁抱，悅子肚子的要害因此被紙箱的邊角戳到，當場痛到彎腰。

「怎麼啦？河野妹，妳果然捨不得離開校對部嗎？妳是因為太想我才回來的，對不對？」

「我要同時告你性騷擾和濫用職權喔，部長。」

悅子在米岡隔壁的座位「砰」的放下紙箱，深深地嘆氣，誰知道背後旋即傳來熟悉的聲音說「這是我的位子」。悅子回頭一看，嚇得倒抽一口氣大叫：

「……綿貫？妳怎麼在這裡？」

「我主動申請轉調，公司通過了啊。」

綿貫爽快地說，在悅子面前放下瓦楞紙箱，接著抬起頭，手指一指。

「妳的座位在那邊。我說對了嗎？茸原部長。」

「嗯，河野坐那邊。」

綿貫和杏鮑菇指著前方雜誌校對組中，專門處理女性雜誌的小組座位，那裡的確多了一個新座位。

「河野不在的這半年，我們一共有三個人退休，不得不補人，所以我們便請寫了火熱情書的綿貫過來嘍。」

「是啊，我寫了。」

生來就是做女性雜誌的料的綿貫竟然哪兒不去，偏偏要來存在感如此薄弱的校對部？悅子整個人混亂不已，不知從何問起才好，這時米岡輕輕對她咬耳朵：

「聽說她一直不知道該怎麼帶妳，常常來找部長商量呢。」

「……什麼？」

於是兩人就此墜入愛河嗎？等等喔，綿貫未婚？印象中沒聽她提過老公，手上也沒戴戒指。不會吧？那個杏鮑菇老頭意外吃得開耶，竟然能追到綿貫！

「情書是部長的笑話。」

綿貫似乎看穿悅子的心思，輕輕拍了拍她的肩膀。

如果妳未來還想去其他雜誌工作，那就先回校對部吧——悅子也感到很驚訝，楠城道出這句話時，自己竟然沒有大受打擊。在那之後，楠城與榊原握手言和，雖然額度不多，不過本刊撥出了部分預算給副刊，他們終於能請人撰稿，本來預計休一年育嬰假的資深寫手也很有能耐，半年後便回歸職場，因此他們不再需要請悅子支援了。這半年來，悅子提出的企劃全數遭到打槍，撰文的速度毫無長進。過去，她從未想過自己在時尚雜誌編輯部會如此無能，所以當她聽到對方要她回去時，堆積在心中的沙袋彷彿底部破了個洞。

——未來妳還想去本刊工作嗎？

——是的。

——我會把妳的事轉告仁衣奈，何時會缺人，誰也說不準，未來也難保仁衣奈會不會繼續當總編，反正妳就利用這段時間多多充實自己吧。為了編寫出讀者更易讀的報導，我相信妳在校對部還有很多可以磨練學習的地方。

——是。

——妳雖然不成戰力，但我欣賞妳這個人。

其實悅子很想問：我對人沒有好惡之分，這是缺點還是優點？但覺得問了也只是給人造成困擾，所以只回了一句「謝謝您的提攜」。

結果，悅子落得在自己座位上校對自己寫的報導的窘境。儘管沒有出現文法上的錯誤或是錯字，文筆卻是慘不忍睹。

偶然抬起頭，她在稍遠的地方，看到綿貫向比自己小很多歲的米岡請教工作流程。當她得知長年在女性雜誌工作的綿貫，學生時期曾經因為興趣加入俳句社團時，簡直嚇到鼻子都要噴出麵條。

正當她想趁四十出頭的年紀鑽研限制在十七個音、以精簡至極的語彙道盡世界的俳句，為老年生活的消遣做準備時，悅子調了過來。由於悅子實在太難帶，她開始勤跑校對部找杏鮑菇商量，並且發現待在這裡似乎能更進一步地航向無垠的「語彙」之海。

——文學家常常因為過度追求日語的正確性，而變得寫不出小說來，俳句沒問題嗎？我們校對部——尤其是文藝書的校對組，特別著重日語的正確性喔。

吃午餐時，米岡聽她說了申請轉調的理由後，擔心地問道。

——如果發現自己變得寫不出來，我就回去做女性雜誌。反正我隨時都能回去呀。

——……河野妹，妳那是什麼臉。綿貫在女性雜誌組做了超過二十年，當然隨時都能回去啊。

米岡說的沒錯。悅子雖然離開校對部半年，回來卻沒什麼銜接上的問題。在《Lassy noces》待的這半年，讓她學會如何快速確認重點，例如品牌名稱絕不能出錯、刊登的洋裝價格是租賃費用還是市售價格、實際舉行婚禮的讀者模特兒情侶的年齡、職業和婚宴場地等，其他還有很多地方對照原檔後才發現誤植。不論怎麼想，他們的部門都有人手不足的問題，希望人員補足後，接下來可以輕鬆一點。

晚上六點，杏鮑菇桌上的鬧鐘響了。悅子將紙本校樣收進抽屜，站了起來。其他同事也一一起身，互道「辛苦了」，走出辦公室。離開公司大樓，外面已經完全天黑。悅子拿出智慧型手機，迎著寒風打電話給是永。

「喂？小幸。」

『小悅，妳今天好早喔。』

沉穩的嗓音溫暖了悅子的身體。

「嗯，我今天回去校對部了。」

『是喔，我們約哪裡吃飯？我剛結束攝影，人在青山，要來嗎？』

「不，今天我想自己開伙，弄點豬肉炒青菜，你來我家吃吧。」

『小悅，妳會做關東煮和荷包蛋之外的東西啊？』

經他這麼一說，悅子的確沒煮過關東煮和荷包蛋以外的料理。

「應該沒問題。」

『期待和妳吃飯。』是永說完結束通話。悅子只能一邊祈禱今天加奈子不會突然跑來，一邊點開媽媽之前傳來、標題為「冬日暖身料理」的簡訊。

「牛旁牛棒牛蒡切斯切絲」、「水棍水滾了要把泡末泡沫撈調撈掉」。

不論看幾次，悅子只要看到這兩行就會噗哧一笑。我還是偶爾趁過年時回家，教媽媽如何刪除文字和選字吧。悅子關掉螢幕，把手機收回口袋，朝地下鐵的階梯走去。

第五話
When the World is Gone
~不是滋味

悅子的研習筆記

其之十七

【普通字級】一般大小的字。從前漢字標音時，旁邊的假名不使用縮小的假名（較小的假名），而會採用普通字級。即使它是促音，標音時依然會使用普通字級來標記。不過最近不時能看到使用縮小的假名來標音的例子。這沒有標準答案，只要那本書有按照固定格式統一就好。較小的假名除了「縮小的假名」這個稱呼之外，還有「小寫」這個說法。「縮小」也有簡化的意思。日語真難啊。

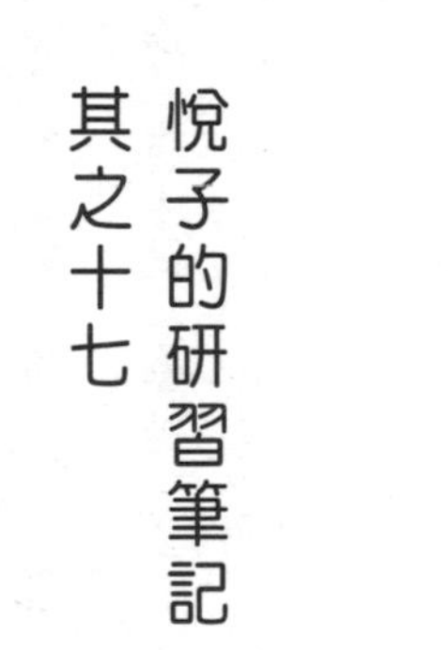

悅子在大樓裡燈光明顯廉價的廁所內照鏡子，確認自己的臉。看到大量堆積在嘴巴周圍的粉塊——正確來說，是臉頰與嘴唇間，形成了左右對稱的兩大塊垂直拱形粉塊——她差點發出尖叫。之前從沒發生過這種事。悅子擠出笑臉，剛好是法令紋的部分。都是連續數小時陪笑臉害的。由此可見，自己平時真的很少笑呢。

悅子貼近鏡子，用食指指腹抹了抹嘴邊，從鏡子裡看見門打開。

「悅子。」

「真奈美。」

聽到老同學的呼喚，悅子馬上笑著回答：

悅子的母校聖妻女子大學在前兩年有班級制度，真奈美與今日的新娘主角桃花是當時的聯誼好夥伴，不過升上大三後，大家變得很少見面，畢業後便各奔東西。

「小桃看起來好幸福喔。」

本來還以為她會走入隔間，但她只是從化妝包裡拿出吸油面紙與粉盒，對著鏡子補妝。柔軟的A字裙洋裝是高雅的單一煙熏粉紅色，大概是TOCCA的吧。

「就是說呀，好棒的婚禮。」

悅子想起自己在幾個月前編輯過的雜誌。當時雖然也遇過只想賺錢的婚宴相關業者，不過參與結婚典禮的每一個人，都誠心祝福新郎新娘能獲得幸福。

「不過她的老公有點噁心呢，我一點也不想和他走在一起。」

「……會嗎？」

妳在典禮上不是稱讚「新郎好帥！」嗎？難道來參加續攤的新郎是別人不成！

「外商證券公司的薪水真的很好，沒想到那麼單純老實的小桃也懂得挑有錢人結婚，我有點意外呢。嗳，悅子，妳的洋裝好可愛，是哪個牌子？」

話題轉移到熟悉的服裝上，悅子頓時感到輕鬆，輕輕捏起白底寫實檸檬圖案的洋裝裙襬。

「謝謝，一個叫DOLCE&GABBANA的牌子。我豁出去從清水舞台跳下來（註18），結果摔得全身骨折。」

「哇——出版社待遇這麼好呀。可惜檸檬有點季節不符？還有啊，參加婚禮應該穿沒有花紋的衣服才對。」

真奈美看著鏡中的悅子，甜甜一笑，將粉盒和唇蜜收進包包，走出廁所。悅子心想：真假？我都不知道！是地域性差異嗎？晚點來查查吧。

悅子道出週末的糗事後，森尾和今井意外地說：「原來妳有朋友啊。」

「……有啊，不過來的人都感覺好差喔。」

參加的男生都用「這是我在景凡社做《Lassy》雜誌的朋友」來介紹悅子，但她可沒做過《Lassy》。他們也用「她的父親是三島銀行的幹部」來介紹真奈美，事實上三島銀行早已被外資企業併購，她的父親也不是現役職員。其他被點名的朋友也都被冠上大企業或響亮的職業名稱。

「我懂我懂。」

森尾笑著表示共鳴。

「就算解釋『我是校對員，不是編輯』他們也聽不懂，從頭開始說明又很麻煩，所以通常都懶得解釋。」

「只要自己喜歡的人理解就行了呀，小幸應該懂吧。」

「嗯，就是說啊。」

兩人面前的茶几上擺著堆積如山的《Lassy noces》。悅子和森尾接到今井的邀請，來到她家坐客。今井想請兩人擔任自己婚宴的招待，她們一聽到這個消息，不約而同地由衷

註18：日本諺語，比喻破釜沉舟的決心。

道恭喜。今天要是其中一個人還是單身，另外兩人為了顧慮那個人，氣氛一定會很尷尬吧。

「妳放棄去印度找百人寶萊塢舞團辦婚禮了嗎？」

悅子突然想起這件事，向捧來白酒的今井問道。窗外直到剛剛都飄著細雪。

「妳們兩個又不可能來印度參加婚禮。」

「這倒是呢，如果是印度尼西亞的巴里島，我很樂意去喔。」

「啊，這提案不錯耶，我請巴里島傳統舞的舞者來跳舞吧。」

「不，辦在國內啦，義大利也辦一場。」

「義大利也有啊，但主要是招待他的家族朋友，不會邀請日本的朋友來參加，場地好像叫什麼什麼大教堂吧。」

森尾聞言轉向悅子，對她諄諄教誨：

「大部分的女孩子會在這時候感到羨慕嫉妒恨喔。」

「是嗎……為什麼呢……？」

「妳們在聊什麼？」

「我在教悅子一般女孩子該有的情緒，她說沒辦法把自己與他人比較。」

今井故作思考一秒，歪頭說：

「那沒什麼錯呀，日本人從小接受那樣的教育長大嘛。」

「妳認為像她這樣崇尚愛與和平，神經整個斷掉的人，在《Lassy》編輯部做得來嗎？」

我不是崇尚愛與和平，只是沒興趣罷了——悅子邊想邊快速翻閱《Lassy noces》雜誌。裡面有好多適合今井穿的婚紗喔，不管她穿哪套一定都很明豔動人——這是悅子的感想，但森尾卻告訴她，女孩子們無時無刻不在心中互相比較。聽到這番話時，悅子想了一下，覺得自己從來不把森尾視為競爭對手，忍不住問：

——森尾，妳時常在心裡把我和今井做比較嗎？

——妳和今井都是我行我素的人，當然沒什麼好比的。不過我認為，「想要變得比某個女生還可愛」的精神，正是時尚雜誌的起源喔。《CC》主打的雖然是一種每個人都做相同打扮的跟風潮流，不過呀，每個女孩子都拚了命地在「同中求異」，將自己打扮得比別人更可愛喔。

悅子曾被人家說，「妳喜歡的是自得其樂」的穿搭法。這句話看似正確，卻又說不上來。當她走在街上，看到其他女人穿著自己來不及訂就被搶購一空的衣服時，也會產生一種「我要殺了她把衣服搶過來！」的念頭，但這純粹是想想，實際上她什麼也不會做，頂多含淚咬牙目送對方離去。

「妳婚後會辭職嗎？」

悅子詢問今井。週末結婚的老同學桃花說她在結婚的半年前便辭去工作，專心學習新娘課程。悅子好奇現代的「新娘課程」的具體內容，不過沒問出口。聽說她的先生工作繁忙，需要太太幫忙分擔家務。

「我也想過這個問題，但我意外地喜歡自己的工作、喜歡那家公司，所以放棄辭職這條路了。」

「我們公司的福利很好嘛。」

通常來說，櫃台小姐都是年輕妹妹當，景凡社目前卻有一位從正式員工轉為契約人員的五十五歲櫃台服務員——下平小姐，她記住了所有員工的長相、名字和所屬部門（及其所屬的公司派系），還背下了所有固定訪客的名字。即使已經有了兩個孫子，她的異性緣還是意外地好，常常被訪客搭訕。今井常說她是「人生勝利組」，但或許那種人生來就是做櫃台的料。

悅子始終認為自己生來就是要當時尚雜誌《Lassy》的編輯，所以來到景凡社上班。這份決心至今仍未動搖。應該完全沒有動搖才對——

女性時尚雜誌和週刊雜誌雖然是主力商品，但景凡社也有按照不同世代的需求創辦男性時尚雜誌。在男性時尚雜誌的分類當中，最暢銷的雜誌來自文英社，景凡社則以劇烈的落差位居第二。

……又登上版面了。

悅子和往常一樣，午休時坐在大廳角落的沙發上，翻開當日發售，針對二十幾歲族群推出的男性時尚雜誌《Aaron》，並在頁面上發現男友的身影，心情感到很複雜。

就在她調到《Lassy noces》、每天忙到像貧血的吸血鬼時，不知怎地，是永的曝光度大幅增加。開始走紅的不是小說家是永是之，而是模特兒YUKITO。大概是顧慮到女友在忙，他沒有告訴悅子詳細的工作內容。而悅子也真的忙壞了，沒有時間確認男性雜誌。

多虧經紀公司幫他慎選工作，也可能是目前接的案子類型還很窄的關係，YUKITO所上的雜誌版面都很有水準、身上穿戴的都是一些引領前衛潮流的商品。他對爆炸頭的堅持，讓他就算登上「絕對受歡迎的聯誼穿搭」特輯，也一定會收到「沒有參考價值」的抱怨問卷。只要他繼續貫徹那個髮型，大概只能登上一些前衛潮流的版面吧。即使如此，在毫無心理準備的狀態下看到自己的俊美男友登上雜誌頁面，還是會有一種身邊的他突然變得好遙遠的錯覺。

悅子嘆氣後抬起頭，五十五歲的櫃台服務員下平已經結束午休回來，與今井交接。只見下平迅速補妝，以無懈可擊的妝容坐鎮櫃台，悅子覺得她就像景凡社的鎮社之寶。她回來表示午休即將結束，悅子起身，把雜誌放回架上，走去搭電梯。

今天的工作是《Every》的雜誌校對。《Every》鎖定的閱讀年齡層表面上是四十多歲，實際購買的年齡層早已脫離四十代，以五、六十歲的女性居多。當然，頁面上主推的商品價位也不是普通的高。

這類雜誌和文藝雜誌不同，不需要強調撰稿人的作家身分，不會引用文藝作品或是電影對白，整本雜誌只需統一平假名與漢字的寫法。長期配合的寫手會自動按照規則交稿，但是新合作的對象或同時兼其他雜誌的寫手則不然。本來編輯應該要在整理稿件時修正過來，現階段看到的紙本校樣卻有諸多疏漏，例如專訪企劃當中，對談者在句尾大量使用的「XD」。有些雜誌——尤其是週刊雜誌，會寫成（笑），因此每當悅子看到，都會產生「這個人也有在週刊撰稿」、「他的檔期很滿」等想法。

接著是交叉對談與三方對談常出現的問題，規定上對談者的名字要使用黑體，對白的部分則使用明體，然而應該使用黑體的名字常常變成了明體。悅子將那些部分用紅筆圈起來，寫上「黑」。校對的時候，她一直專注地想著「黑黑黑」，不由得想起自從自己回到校對部後，因為薪水減少，沒辦法吃得太奢侈這件事。真希望有人能請我吃黑鮪魚啊——她想。

校對到一半左右，出現一個叫「如果獲得一百萬，你會怎麼花？」的企劃，當中訪問了二十個人，介紹他們如何運用這筆錢，以及一百萬可以做什麼。由於沒有附上資料，悅子自己上網查清文中提到的所有商品、旅遊行程和美體保養的具體價位；網路上查不到，就打電話和對方的窗口洽詢，利用傳真收取資料。當中真的有幾個行程因為燃料附加費上漲而超出一百萬，還有因為飯店整修、日幣貶值導致物價上漲，以及加上消費稅便超出一百萬的珠寶等例子。

她在空白處寫下「加上（燃料費）？」、「聽說新館還有空房」、「加上（未含稅）？」等鉛筆註記。把每一處都仔細地確認一遍，用紅筆與鉛筆留下註記後，她開始思索如果自己有一百萬會怎麼花。相信讀者也會和她一樣，將自己帶入情境，在腦中馳騁夢想。

女性時尚雜誌的校對工作，做起來真的很愉快。校對文藝書的時候不能太過「投入內容」，否則會出現盲點。而時尚雜誌的校對工作，悅子完全樂在其中。她從文藝書籍的校對工作裡學到「只看文字本身」的技術，因此很快地便掌握了一面開心地閱讀報導，一面在腦中執行「確認文字」動作的訣竅。不僅如此，她還能趕在雜誌發售前先一步知道尚未公開的年度流行單品、顏色和花樣等資訊，還能趁著雜誌介紹的餐廳還沒客滿時搶先去。這成了做這份工作的小小福利，意外讓她每天都很期待去公司上班。

待在《Lassy noces》的半年雖然也很愉快，不過還是辛苦的時候占了居多，她輸給了一心想著「我要勝任這份工作」、「我想得到認可」的自己。若是按照原訂計劃在那裡待一年，或許會有什麼轉變，但現在能坐在校對部的椅子上、靜靜校對發售前的時尚雜誌的時光，對悅子來說，已是至高無上的幸福。因為她實在太過安靜，杏鮑菇不時走來問：「還好吧？妳肚子痛嗎？」、「有沒有呼吸啊？」臭老頭，你吵到我了啦！悅子當下都很煩躁，不過通常她也因為太久沒去上廁所而膀胱腫脹，於是小跑步地前往如廁。

「呦，好久不見，寬鬆世代。」

悅子邊用手帕擦手邊走出廁所，在門前撞見了貝塚。

「有嗎？」

悅子想直接回辦公室，貝塚卻擋在面前。

「妳現在負責部門內的其他書不是嗎？做得順利嗎？都是哪一類啊？」

「女性雜誌。」

「是喔，很好啊。對了，在週刊上連載的森林木一……應該說槙島祐，那本書的初校樣昨天排好嘍。」

悅子花了三秒鐘才想起這個名字，馬上抬起頭回答：

「真的嗎！我想看，我超想看！」

調去《Lassy noces》的時候，她忙得不可開交，沒力氣繼續追進度。回來校對部後，雖然一時之間忘了，但那可是她至今讀過唯一覺得好看的小說作品。

「好啊，妳今晚有空嗎？我請吃飯。」

「不用吧，我現在去拿，不然你晚點送來也行，幹嘛一定要和你去吃飯啊。」

「有一家店我下次想招待作家去，想先去探探環境，一個人去很丟臉，妳陪我去吧。我請客啊，那是東京高價位的店喔。」

「請客！」

悅子一口答應。貝塚先是感到傻眼，表情像在說「精神真好耶」，接著說「晚點見」，不知為何，有點小躍步地離開。

是永目前人在歐洲參加試鏡。他在去年九月舉辦的Spring/Summer紐約時裝週，第一次站上紐約伸展台。他們雖然說好任何事都能報告彼此，然而悅子當時被工作弄得焦頭爛額，因此他也很少聊到自己的工作近況。悅子只記得他花了一年撰寫的長篇小說全軍覆沒，除此之外的事情她都記不得了。回想起來，他們有點冷落了彼此。

……就算這樣，為什麼我非得和貝塚來這種適合約會的餐廳吃飯不可啦！

整家餐廳的裝潢十分摩登高雅，店內空間不大不小恰恰好，座席之間距離夠遠，燈光柔和昏暗，顧客年齡層偏高，現場沒有會大聲喧嘩的客人，全部都是一男一女。

「難吃嗎？」

看到悅子吃著魚類料理真鯛的手停下來，貝塚略顯忐忑地問。

「啊，不，很好吃，每一道都很棒。」

「那妳怎麼了？肚子痛嗎？」

「……為什麼我只要稍微安靜一點，每個人都會這樣問我？」

悅子把剩下的真鯛全部塞入口中，稍微咬了咬，配著白酒下嚥。

「你們都在這麼高級的餐廳招待作家嗎？之前和本鄉老師餐敘的那家店也不是普通的高級。」

吞下口中的所有食物後，悅子用紙巾擦擦嘴問道。

「沒有喔，不賣的作家就去一般的家庭餐廳。最近報公帳的門檻提高，有時會叫編輯自掏腰包呢。」

「什麼，你也是嗎？」

「常常啊，買再多腰包都不夠用。」

悅子很想吐嘈這句笑話，卻也覺得沒必要跟他多費唇舌，正色繼續提問：

「問你喔，你為什麼想當編輯呢？除了編輯，你以前還想當什麼呢？」

「呃，怎麼突然問這個？」

「你自己找人吃飯，又不提供話題，我們當然只能先聊自己了啊。我進景凡社是為了當《Lassy》的編輯，結束。你呢？當初為什麼想進來？」

貝塚的表情有點受傷，思考片刻後說：「因為爺爺的影響。」

「爺爺？是某家居酒屋的老闆嗎？」

「我說我真正的祖父啦，他以前在燐朝當編輯。」

「是喔，好意外！那你為什麼不去燐朝？」

「被刷下來了啊！那裡靠關係沒用啦！問這麼多想死喔！」

悅子對忍不住大叫的貝塚比出「噓」的動作。他轉頭看看四周，向颦眉注視他們的其他客人低頭道歉。

「……你爺爺也是文藝編輯嗎？」

「不，週刊，所以他幾乎不在家。當時《週刊燐朝》剛創刊不久，一切非得上軌道不可，美日安保條約和學生運動鬧得沸沸揚揚，老爸說他有時整整一星期都還不見得能見上自己的爸爸一眼。」

「你爸爸的職業呢？一樣是編輯嗎？」

「他是很普通的上班族喔。老爸很痛恨爺爺，當他聽到我錄取出版社時，簡直氣炸了，還想以死威脅我不要去耶！沒辦法，畢竟他對出版社的印象就是週刊雜誌。」

「你爺爺是什麼時候過世的？」

「他還沒死啦。不過啊，奶奶說他曾經四次吐血送醫住院，還因為寫了什麼報導得罪政治團體，遭人暗中報復，傷了一隻眼睛。聽說爺爺有個同事寫了類似的報導後失蹤，屍體一週後在東京灣被人發現。」

「……」

肉類料理在悅子問完的同時上菜，悅子趁著貝塚細細品嚐時，在較大的酒杯裡倒入紅酒。名叫「Faisan Coquillage Sauce」的料理原來是雉雞肉淋上貝類醬汁，悅子完全無法想像這樣的料理組合會是什麼味道，怯怯地切了一小口送入口中。

「……好吃。」

吞下肉再配上一口紅酒，簡直就是天作之合。

「真的？妳覺得適合用來招待作家嗎？」

「不確定耶，狩獵季快結束了，我想還是要先吃過他們家一般的牛肉才知道。」

同樣住在日本，置身出版業界，貝塚爺爺的故事在悅子聽來，卻像是另一個世界。悅子不知道該怎麼提問，只好默默地切肉盛盤，這時貝塚主動開口：

「我和爺爺一起住後，家裡什麼沒有，就書最多，類型涵蓋了小說和非小說。我向爺爺借了很多書，讀著讀著也開始嚮往那個世界。進公司的第一年，我也待過週刊組，真的累死人了，繼續做肯定會早死。」

貝塚把肉送入口中，喃喃道「真的很好吃耶」，轉眼便將盤子掃空，大口喝著紅酒。

甜點由小餐車送來，有七種蛋糕、六種冰淇淋和雪酪，以及馬卡龍和巧克力。一看到令人目眩神迷的餐車甜點，悅子感到肚子裡的食物急速消化。

「我每一種都要，幫我切小塊一點。」

悅子等不及男服務員解說完畢便說。

「妳還要吃？」

「甜點不一樣嘛！」

「甜點是另一個胃」的說法可是有科學根據的。《Lassy》二〇一三年二月號上寫到，那是因為食慾素的分泌，在胃裡製造出另一個空間。然而貝塚斷然拒絕，點了另外計價的起司。臭貝塚，裝什麼成熟啊，暴殄天物。

悅子望著盛裝的分量明顯多於其他桌的甜點餐盤，心想這一餐雖然吃得頗尷尬，不過餐點真的很美味，看樣子沒有白來一趟。

「好吃嗎？」

貝塚看悅子吃水果塔吃到兩頰鼓鼓的，忍不住問。

「豪出（好吃）！」

儘管從小家人教她嘴裡有食物時不能說話，她還是滿嘴塞滿水果塔，笑容滿面地答道。

「是嗎，等牛肉的季節到時，我再帶妳來吧。」

「不用啦，這裡太高級了，沒道理讓你一再請客。開發新餐廳的任務已經完成了吧？還有，牛肉一年四季都有，沒有盛產季。」

悅子吞下口中所有的食物後說。

──你認為文藝編輯是你的天職嗎？

用餐結束後，悅子利用貝塚叫計程車送她去車站的短暫時間問道。

──我也希望有天能做出一本令自己滿意的書，讓我確定這個想法啊。但至今我只做過幾本接近滿意的書籍，所以現階段也還不是很確定。

貝塚立刻回答。

天職。這個單字對於現在的悅子來說，實在太過沉重。隔日中午，悅子要出去買午餐時，今井從櫃台裡衝出來，用力抓住她的手臂。

「呀！怎麼了？」

正在放空的她，差點嚇得心臟跳出來。今井露出極不尋常的表情，害她失態叫出聲音。即使如此，今井還是沒放開她的手。

「妳聽說了嗎？森尾小姐要辭職！」

「……什麼？咦？」

「我在人事部同期進公司的朋友剛剛偷偷告訴我的。噯，她有沒有告訴妳呀？我什麼都沒聽說！而且她今天也沒來公司上班！」

悅子急忙拿出智慧型手機傳訊給森尾，然而對方的手機不是關機，就是位在收不到訊號的地方。因為今井很黏森尾，驚慌得直說「怎麼辦、怎麼辦」，悅子抱住她的背，安撫她的混亂情緒，這時後方傳來下平尖銳的聲音說「今井小姐」。

「我去吃午餐，請妳先進櫃台交接。」

「啊，是，抱歉。」

今井離開悅子的懷抱，快速說「如果她打給妳，趕快告訴我喔」，小跑步回到櫃台。但她才剛進去，藤岩便從電梯間走出來，於是她又探出上半身。

「貞操褲、貞操褲！貞操褲，來一下嘛！妳聽說了嗎？」

「今井，安靜閉嘴！」

下平……妳露出馬腳了啦……悅子暗忖。藤岩本人則因為突然被人連呼「貞操褲」而困惑，看看今井又看看悅子，朝後者問：「什麼事？」

「嗯，總之我們一起去吃午餐吧。」

「我一小時後要去八重州的香格里拉飯店和作家餐敘，恕我拒絕。」

「大忙人有重要的會議要開，真了不起呢。」

悅子回頭對著忐忑不安的今井點頭，傳達出「不會有事」的訊息，儘管她自己也是心中七上八下。接著，她抓住藤岩的手說「至少喝杯茶也好」。

令人不甘心的是，藤岩知道森尾可能辭職的消息。

——差不多去年初秋左右吧，我偶然撞見森尾小姐和某雜誌的某總編或某副總編在祕密談話，我打招呼後，她們露出尷尬的表情，接著我就被叫出去了。那個某總編或某副總編的某某某，對我下了封口令。

——那個某某某是誰很重要耶。算了，然後呢？

——所以我沒和任何人提起過呀。原來如此～她要跳槽過去？她們很漂亮喔，是我們公司沒有的類型。

藤岩若無其事地說著，悅子心中感到又氣又難過，各種難以言述的情緒交織在一起。

——妳為什麼可以那麼冷靜？公司核准她提離職了耶！

——換作妳呢？如果妳現在有機會去《Lassy》，妳也會毫不猶豫地飛奔而去吧？假設他們真的是友社的人，森尾小姐真的跳槽了，我們和她之間的關係也沒有太大的改變，只是換了一家公司，換去不同的部門而已。

藤岩的一席話使悅子茅塞頓開：我到底在緊張什麼？因為她沒找我談就辭職嗎？還是因為她毫不留戀地離開我想去的時尚雜誌編輯部呢？

——至少對我來說，如果現在有機會能去燐朝或冬夏的文藝編輯部，我大概也會去吧。那裡可是文藝編輯所追求的頂點。

藤岩說完「我該走了，否則會遲到」便走出咖啡廳，留下悅子一人面對只吃一口的三明治與冷掉的拿鐵。但沒過幾秒，她的眼睛就捕捉到眼熟的身影，急急忙忙叫住他。

「伊藤！」

森尾的男友被叫住，露出天真到讓人想揍下去的笑容，說聲「河野小姐」，然後一手拿著餐盤，另一手拉開藤岩剛剛坐的椅子。

「喂，你應該知道吧？」

「知道什麼？」

「森尾辭職了。」

「哦，是啊，去《un jour》是她的決定，我沒有意見。」

伊藤自然地脫口說出那本雜誌的名稱。

……原來是那裡，前衛風格雜誌。

只要知道藤岩說的其中一個「某某某」是誰，就能推出另一個。倘若她真的要去《un jour》，總編就是杜蘭潔春香，副總編是八劍惠那。《un jour》的版面非常簡潔，購買層和刊登的商品都與《C.C》南轅北轍，印刷紙摸起來較冷較厚，文字量雖少，卻都直指重點，圖說充滿前衛風格界的專門術語。悅子想起森尾有點冰冷又成熟美麗的臉龐，突然覺得澎湃的心頭好像缺了一角。

那裡應該更有她發揮的空間。

兩天後，森尾捎來訊息，說她遞辭呈的那天，不是真的是最後一天，而是為了《C.C》的「小奢侈黃金週提案，來去夏威夷！」企劃，教人羨慕又嫉妒地去夏威夷取材了。

「喏，禮物。」

由於森尾超過晚上十點才下班，悅子和今井決定先回家一趟，晚點重新在惠比壽集合。她們來到週末人潮洶湧的咖啡廳內，森尾將兩個未經包裝，外殼印著黝黑史努比圖案的唇油放在桌上。悅子道謝收下，今井卻突然責問：「先不管禮物！」

「妳為什麼都沒有告訴我們呢！」

「因為，我不想聽大家的意見，我想自己決定。」

「那至少告訴我們一聲妳想換工作嘛。」

「這是我的人生，我想自己決定。跳槽應該算得上是人生大事吧？」

悅子彷彿看見某位搞笑藝人當場表演鐵捲門無情拉下的橋段。

「這是我好好考慮了一年所得出的結論，請妳們不要生氣。我只是換去其他公司，人還在東京呀，我們一樣能像這樣出來見面。」

「……那妳還要當我婚宴的招待嗎？」

「我很榮幸當妳的招待，也已經和公司說好那天不會假日加班。」

今井眼泛淚光，數秒後回答「謝謝」。

《un jour》真的適合森尾待嗎？前幾天還很篤定的事，怎麼到了今天就猶豫了？看著森尾用神清氣爽的笑臉談論夏威夷，悅子再次感到浮躁。我是怎麼了？這就是森尾之前說的「女性朋友之間的羨慕和嫉妒」嗎？但她在這方面實在太沒經驗，所以不確定是哪一種感覺。

過了一會兒，放在桌面的智慧型手機響了。是永打來的。悅子起身離席，走出店外接起，吐出白霧問：「喂喂？」

『喂？小悅，妳在家裡了嗎？』

「抱歉，我還在外面。你回日本了嗎？」

『嗯，剛到，好累喔——』

是永的聲音聽起來真的累壞了，悅子告訴他「謝謝你這麼忙還記得打電話給我」。

『不會啦，我其實沒想那麼多。抱歉，方便等下碰面嗎？我想和妳聊聊。』

明天是星期六，悅子放假。是永說他直接從成田機場去她家，悅子回答「歡迎你來」，結束通話，回到店裡告訴她們自己先離開一步。

「小幸打來的？」

「嗯，他剛回日本。」

「感情好好喔～辛苦了，回去的路上小心。」

森尾露出一如既往的笑容揮揮手，然而悅子心中的煩躁未消，只能強顏歡笑地揮手說「拜拜」。

距離情人節的第一次約會過了一週年。儘管前幾個月兩人的關係有點撲朔迷離，不過悅子和是永現在是真正的一對情侶了，所以他才想第一時間向女友報告。

「我接到米蘭的專屬工作了。」

兩人在二樓房間面向彼此，是永既害羞又開心地說。悅子想了一下，問道：

「……那是模特兒的工作對不對？」

是永點點頭，說出口的品牌名稱，是悅子也熟知，現在最夯的新興品牌之一，二〇一〇年甫創，前年剛從Autumn/Winter的男性時裝伸展台嶄露頭角，如今已在全世界的量販店販售，在表參道開了全球第一家旗艦店。景凡社《Aaron》雜誌的編輯非常中意是永，介紹他給設計師後迅速簽約定案。

「好棒！恭喜你！這是他們第一次任用東方人對不對？」

「嗯，聽說是這樣，我責任重大，必須在米蘭固定活動。」

是永輕描淡寫地脫口而出，悅子理解到這句話後，複述一遍：

「……必須在米蘭固定活動，是什麼意思？」

「我必須搬去米蘭住，這是簽約條件。約期先簽一年，對方會提供公寓住處和保證人，我只要人到就行了。」

……那我呢？我怎麼辦？悅子到口的話語卡在喉嚨。

「還有，經紀人要我換個髮型，所以我明天得去剪了。我覺得很苦惱。」

這句話雖然很像在開玩笑，不過悅子馬上回答：

「對了，我一直想問，你為什麼堅持留爆炸頭呢？」

「這是自然捲喔。大概是我的家族在好幾代以前有混到非洲血統，基因突然在我身上顯現出來吧。我念書的時候也留過玉米辮和黑人髮辮，並不是一直都是爆炸頭。」

什麼！竟然是自然捲！

等等，劃錯重點了。悅子還有很多事情想問，卻無法在腦中整理好該怎麼問。回到校對部後，她的腦海始終像是罩上一層紗。最後，她問了最在意的事：

「小幸，你接下來要專心當模特兒嗎？不繼續寫小說了嗎？」

語畢，是永明顯臉色一暗。悅子之所以這麼問，是她以為比起當模特兒，是永更想當一名有頭有臉的小說家，至少兩人相遇時，他給她這樣的印象。臉色沉了數秒後，是永露出自嘲的表情。

「……妳在責怪我嗎？妳認為我是因為作家路不順，才想逃去米蘭的嗎？」

「我沒那麼想……是這樣嗎？」

她只聽說他花了一年撰寫的長篇小說全軍覆沒，卻無法想像那對小說家來說是多大的精神打擊。而她唯一認識的作家本鄉大作，不管寫什麼恐怕都有人搶著幫他出書，問了也是白問。

是永沉默半晌，放棄似地笑著開口：

「小悅，妳知道妳前年校對過的《好像狗》，初版印了幾本嗎？」

「咦？我不知道，三萬左右？」

悅子回答了她唯一有過編輯經驗的《Lassy noces》一半左右的印量數字。如果結婚的情侶是這個數字，那麼想讀是永作品的人，大概是它的一半左右吧——這是悅子毫無根據的判斷。

「是兩千五百本。」

是永自暴自棄地說，宛如在嘲笑悅子的無知。

「……」

「定價不含稅，一千六百日圓，印兩千五百本。當然不會再刷，也不會出文庫本。我的版稅是百分之十。這樣子，妳應該算得出收入是多少吧？這就是花了半年一年寫書換來的薪水，很少吧。這樣稱得上是職業小說家嗎？」

「……可是部長說，有培養出一小群死忠讀者……」

「真的就只是一小群，為了這些人出書只會賠錢。寫了新的作品，也沒人會幫我出書了。我（註19）是真的沒有才華吧。」

……我是第一次聽到他用這個第一人稱。

悅子彷彿看見男友努力堆砌至今的堅強外殼「唰」地散掉，同時對於自己的遲鈍感到

註19：日文的第一人稱從語感較內向的「自分」換成了一般男生私下使用的「俺」。

茫然。

「小幸，別這麼說……」

「沒錯，我在逃避。我已經當不成作家了。我不想繼續被妳同情，所以才逃去……」

是永伸手摀住顫抖的嘴唇，將頭扭開。

這是悅子第一次看見毫不掩飾的他。之前她曾以為自己看見了他真實的樣貌，如今知道這件事，不自覺地感到鼻酸。原來自己的手掌與嘴唇所碰觸到的他，是隔著一層保護膜的。

悅子把手伸向他顫抖的肩膀，小心翼翼地抱住他骨感的身軀。她以為自己會被甩開，但是永捉住她的手臂，崩潰地哭了，細瘦的手指甚至抓痛了她的上手臂。悅子拚命嚥下想哭的衝動。

知名品牌的專屬模特兒看似華麗，實際上卻相當不好熬，不過薪水也相對地高。如果一舉成名，短短一天就能賺到相當於《好像狗》的版稅收入。相對的，它的門檻也很高，是永卻輕鬆地突破了那道窄門。他在原先沒有預期的地方，找到了屬於自己的一片天。

「小幸。」

即使呼喚，他仍持續哭泣，悅子拍撫著他因為抽噎而上下起伏的背。白襯衫如發燒的孩子睡的被單一樣，被汗水浸濕。

「小幸，你沒有逃，只是不同地方的天神選上了你喔。你就抬頭挺胸地當模特兒吧。」

「可是……」

「我相信你這次會一炮而紅，接下來邀約不斷，收入穩定。不留爆炸頭，說不定還會有人找你拍戲呢。如果到時你還是很想寫，那就寫吧。豐富了人生經驗，能寫的題材說不定會更廣呀。你不是逃避，只是現階段先去了別的地方，去到有人期盼你去的地方而已。」

拜託，一定要傳達過去，希望他感受得到！這是悅了有生以來最用力的內心喊話。她只希望這個人能獲得幸福，希望他的所到之處光芒四射，所以她問不出口：你會捨不得離開我嗎？

悅子在沒有任何雜誌截稿，安靜到有如死亡森林的校對部裡，吞聲屏息地瞪著紙本校樣，杏鮑菇問她：「有沒有呼吸啊？」

「……忘了。」

悅子轉了轉僵硬的脖子，驚覺杏鮑菇站在旁邊，嚇得嘆了一聲。

「你在幹嘛啦，嚇死我了。」

「我已經站在這裡一分鐘了，看妳好像很專心，不敢出聲叫妳。」

「有何貴幹？」

「嗯，午休時間到嘍。」

聞言，悅子訝異地轉頭確認周遭，辦公室內只剩下每天自帶便當的人，其他人全出去了。

「發生什麼事？感覺妳過完週末兩天，整個人都消氣了。」

「如果你有這種感覺，那就請我吃鰻魚飯吧。」

「嗚哇，早知道就不叫妳了。」

說歸說，杏鮑菇還是帶悅子去吃附近的鰻魚飯。這家店從點餐到上餐要等很久，白飯燙到彷彿是用地獄沸騰的鍋子煮成的，吃完它需要花上一些時間。有部長陪同，今天吃到超過一點再回去也沒關係。

幸好她還有食慾。不如說，她今天進公司後就埋頭工作，肚子猛烈地餓了起來。明明週末兩天她還完全食不下嚥。

「喂，妳真的臉頰都凹下去了，是拉肚子嗎？」

「貼心一點會死嗎！」

——我希望妳陪我去米蘭。

星期五的夜晚，是永止泣後說。

——雖然不是時尚雜誌，不過那裡有間替在義日本人印免費報紙的公司徵編輯，這樣一來，小悅在那裡也能工作。我希望妳陪我去米蘭。

深受所愛之人信賴，應該是件令人開心的事情才對，如果是一年前的她，或許會二話不說地點頭吧。

——抱歉，我不能去。

悅子答道。對她來說，只要聽到「希望妳陪我去」這句話就很夠了。

他的要求應該只是在撒嬌，因為不安，希望有人能陪伴在身邊。而這個角色由女朋友悅子來扮演，最為恰當。上個月結婚的桃花為了支援工作繁忙的先生而走入家庭，如今人在香港。一樣是二十五歲的朋友，對人生做出了選擇。悅子大可和她一樣，夫唱婦隨，這對二十五歲的人而言並不會太早。她可以用情人的身分支援對方的生活，幫助他在異國大放異彩，如此一來，人生應該會過得很充實吧。

可是，現在的我做不到。

「對了，河野小姐，妳這次還沒向《Lassy》提出人事異動，確定不提嗎？」

「不提。」

森尾奔向了更適合自己發揮的舞台，是永曾經一舉獲獎，這條作家路卻走得不長，如今在異地為其他天職翱翔。在悅子心中，是永如《Lassy》般夢幻。在是永心中，悅子大概恰似「文藝」吧。不論如何追尋景仰，那樣東西也不會為自己停留。儘管握著彼此的手，兩人的距離卻無窮地遠。所以他們只能學著武裝，好讓對方接納自己。

「我要繼續當校對員。」

校對了三個月的女性雜誌，悅子明白了自己只是「讀者」。最愛時尚雜誌和流行服飾的頭號「專業讀者」。杏鮑菇被悅子的回答嚇傻，再次詢問：「妳確定？」

「確定，因為《Lassy》不是我的天職。」

回答之後，從星期五的夜晚憋到這一刻的淚水瞬間決堤。

「河野小姐？」

杏鮑菇嚇得手足無措，手肘勾到旁邊的杯子，水潑到桌上，連衣服也濕了。悅子哭著對手忙腳亂叫店員的主管說道：

「為了獲得認同當上《Lassy》的編輯，我進入景凡社工作，卻一直不明白自己為何是待在校對部。開始校對女性雜誌以後，我才發現這份工作非常愉快，面對時尚雜誌，我在校對時不會漏看也不會犯錯，同時也很不甘心，自己的才能只能發揮在這種地方……」

「……」

「想做的工作和適合的工作是兩回事，我直到昨天才想通這件事。其實我很拒絕接受這個事實，我好希望自己是當《Lassy》編輯的那塊料。」

她在心中揮別了憧憬多年的職業，並與交往一年，感情深厚的情人告別。她不想當對方的絆腳石，所以選擇離開。還有，一旦去了米蘭，她就不能做自己喜歡的時尚雜誌校對工作了。她又不懂義大利文。

「……總之，我們先吃鰻魚飯。」

杏鮑菇的聲音傳來，悅子回過神來發現眼前放了碗鰻魚蓋飯。她用桌上的紙巾擤了五次鼻涕，拔開筷子，合掌後將冒著凶猛熱氣的鰻魚和米飯扒進嘴裡，狼吞虎嚥地吃下它。

杏鮑菇說，在二十五歲遇到人生的岔路，煩惱該如何前進的人比比皆是，而且人生的岔路可不只一條。

——妳還有三十五年才退休，不需要現在急著悲傷領悟什麼大道理啊。如果哪天妳又想去時尚雜誌編輯部了，到時再填申請單吧。妳看綿貫小姐還不是直到四十三歲才來校對部。

淚水洗淨了這幾個月盤踞在悅子心中的煩悶，睡眠不足和精神疲勞一口氣席捲而來，就像剛上完游泳課緊接著上物理課那種頭痛身體也痛的疲勞，下午工作時，她好幾次打瞌睡頭撞到桌子，眼看「不是桌子死就是額頭亡」時……

「寬鬆世代在嗎──」

出聲回應或者轉頭都將萬劫不復，悅子裝聾作啞，繼續打盹。明天才截稿，再提早一小時進公司好了。她現在只想好好睡覺。

「妳在嘛，回我一下會死嗎？」

貝塚咻地移動到悅子身邊，悅子僅微微挪動趴在桌面的頭應道：

「咖啡……」

「什麼？」

「你買咖啡過來，我就回你……」

「妳的臉好嚇人喔，怎麼了？」

想想還是不行，剩下的分量提早一小時上班也趕不完，今天不追上進度只是逼死明天的自己。

「貝塚，我們家的河野有點低潮啦，你也幫忙打氣一下啊。」

「你是要我請這傢伙喝咖啡？」

「你八成又是來找她處理一些疑難雜症吧，那請她喝一杯咖啡不過分吧？我也請她吃了鰻魚飯啊。」

頭頂傳來某種交易的聲音。隔了幾秒，肩膀被人用力搖晃，悅子被迫起身，回過神來已經坐在咖啡店的椅子上喝著黑咖啡了。眼前的人是貝塚。

「咦？我怎麼會在這裡？」

「我請妳出來喝咖啡啊，妳很誇張耶，夢遊症患者是不是啊？真的是邊睡邊校對耶。」

桌上放著文藝書的紙本校樣，悅子回想起自己又被交付了什麼疑難雜症。快速看過去，內容鉅細靡遺地描寫了關於一九四〇年代的New Look時尚，校樣上有悅子寫的鉛筆註記，她心想：這是我寫的嗎？我也太適合做校對了吧？可惡！

還帶著溫度的咖啡流入胃裡，慢慢地喚醒了全身的細胞。迷霧終於散去，悅子做了口深呼吸。

「謝謝，我終於有點清醒了。」

「哪裡，要謝的人是我吧。等等，妳的臉怎麼了？」

「……森尾要離開公司，我難過到哭。」

悅子就是不想和他說真話，所以撒了謊，想說單戀森尾的貝塚聽了應該會像吃了記悶棍，到時自己再來嘲笑他，真是一石二鳥，想不到貝塚只是普通點頭說「是嗎」。

「你知道了？」

「對啊，上週賽西兒在大廳大呼小叫嘛。」

啊，他已經做好心理準備了。是說，他的部門裡還有格局遠勝他的森尾的男友在，可能早就自暴自棄死心了吧。可惡，沒整到他。

「……笑一笑吧。」

貝塚突然莫名其妙看著旁邊說。

「什麼？」

「妳笑起來很可愛，多笑一笑吧。」

「這是妄想中的帥哥台詞耶，你怎麼好意思說？你說了只會更加讓人覺得全身不對勁！」

「很好，妳全醒了！回去工作！」

貝塚不高興地臉紅，拉起悅子的手臂逼她站著，推著她的背前進。不用你說我也會走！悅子憤慨地走出店門。貝塚留在店裡，一手拿著鉛筆，攤開紙本校樣。

……他終於學乖，會自己確認稿件了耶。

這是編輯的本分，悅子卻佩服起來。是說，日文「全身不對勁」寫成「蟲酸湧現」，那到底是像梅斯卡爾酒一樣加了蟲的醋呢？還是脖子以上是蟲的頭的妖怪呢？她雖然用了這句話，卻越想越迷糊。是說，不管是前者還是後者都很噁心。坦白說，貝塚說的那句話一點也不噁心，湧現的是令人舒服的「蟲酸」。

悅子從冷風呼嘯的戶外走入溫暖的公司大樓，櫃台裡的今井和剛剛的她一樣，半瞇著眼在與周公下棋。

——妳笑起來很可愛。

我知道啊蠢蛋。要你管啊蠢蛋。

悅子走去搭電梯，同時用指甲剝下黏在臉上的淚痕，雙手拍拍臉頰，輕輕彎起兩邊嘴角。

KADOKAWA 文學放映所100

校對女王 1

定價：260元　發售中

宮木あや子◎著
許婷婷◎譯

一心渴望成為時尚雜誌編輯的河野悦子，進入出版社就職。然而，基於「名字給人那種印象」的理由（!?）她被分發到校對部專門負責找出原稿中的錯誤。進入出版社後過了二年，悦子仍過著每天面對不擅長的文藝作品的日子。同時，她所負責的原稿及她的身邊，總是不時發生一些小災小難……

校對女王 2

À la mode

KADOKAWA 文學放映所100

發售中　**定價：260 元**

宮木あや子◎著

許金玉◎譯

在出版社校對部上班的河野悅子，有著許多性格奇特的同事們：曾在海外生活與悅子同期的時尚雜誌編輯；東大畢業不苟言笑的文藝編輯；灰色無性戀的校對部男同事；悅子的天敵（？）行事講求差不多的男編輯；長得像杏鮑菇的校對部部長。大家都有著工作上的煩惱和驚人的過去……

KADOKAWA 文學放映所082

透明變色龍

定價：380元　**發售中**

道尾秀介◎著
江宓蓁◎譯

桐畑恭太郎，電台節目主持人。擁有極度平凡的外貌與異常迷人的嗓音。唯有在好友環聚的酒吧「if」，他才能自在地與女性交談。一個雨夜中，身處「if」的恭太郎聽見可疑的聲響。自此被捲入了由神祕女子策劃的殺人計畫當中——

KADOKAWA 文學放映所085

夏美的螢火蟲

發售中 **定價：340 元**

森澤明夫◎著
鄭曉蘭◎譯

為了尋訪在溪流間飛舞的螢火蟲，立志成為攝影師的大學生相羽慎吾與女友夏美，再三造訪位於山間的老舊雜貨店「竹屋」，並決定在此度過暑假。當得知生活於此的安奶奶與地藏先生哀傷的過去後，慎吾開始思考自己能做些什麼……

國家圖書館出版品預行編目資料

校對女王 3, Tornado / 宮木あや子作；韓宛庭譯
-- 初版 . -- 臺北市：臺灣角川, 2017.06
面；　公分 . --（文學放映所；100）

譯自：校閲ガールトルネード
ISBN 978-986-473-707-9(平裝)

861.57　　106006289

文學放映所100

校對女王 3 Tornado

原書名＊校閱ガール　トルネード

作　　者＊宮木あや子
譯　　者＊韓宛庭

2017年6月29日　一版第1刷發行

發 行 人＊成田聖
總　　監＊黃珮君
總 編 輯＊呂慧君
編　　輯＊林毓珊
設計指導＊陳晞叡
印　　務＊李明修（主任）、黎宇凡、潘尚琪

發 行 所＊台灣角川股份有限公司
地　　址＊105 台北市光復北路11巷44號5樓
電　　話＊(02)2747-2433
傳　　真＊(02)2747-2558
網　　址＊http://www.kadokawa.com.tw
劃撥帳戶＊台灣角川股份有限公司
劃撥帳號＊19487412
法律顧問＊寰瀛法律事務所
製　　版＊尚騰印刷事業有限公司
I S B N ＊978-986-473-707-9

香港代理＊香港角川有限公司
地　　址＊香港新界葵涌興芳路223號新都會廣場第2座17樓1701-02A室
電　　話＊(852)3653-2888